COLLECTION DU CERCLE PROUDHON

Ouvrages publiés :

P.-J. Proudhon. — **Les Femmeiins.** — Les grandes figures romantiques. — J.-J. Rousseau. — Béranger. — Lamartine. — Mme Roland. — Mme de Staël. — Mme Necker de Saussure. — George Sand. — Un volume in-18 de 108 pages, 1 fr.

A. Vincent. — **Les Instituteurs et la démocratie.** — De l'Empire à l'affaire Dreyfus. — L'affaire Dreyfus. — Les Amicales et leur œuvre. — Les syndicats d'instituteurs. — L'École et la production. — Les instituteurs et l'État. — Un volume in-16 de 130 pages, 1 fr. 50.

En préparation :

Édouard Berth. — **Marchands, intellectuels, politiciens.**

Georges Valois. — **Les défenses du Sang.** — L'État. — Le nationalisme. — Les salons, les châteaux et le peuple français. — La bourgeoisie capitaliste. — Les républiques ouvrières. — L'Église.

Henri Lagrange. — **La Ploutocratie internationale.** — Une philosophie de l'histoire moderne : l'Or et le Sang. — La morale de l'Or. — Le capitalisme politique. — Le patriotisme de Valmy, Villeneuve-Saint-Georges et Marrakech. — Les défenses de l'Or. — Un pacte national et syndical : le Cercle Proudhon. — La Justice royale et révolutionnaire. — Nécessité d'une révolution nationale.

COLLECTION DU CERCLE PROUDHON

I

P.-J. PROUDHON

LES FEMMELINS

LES GRANDES FIGURES ROMANTIQUES

J.-J. ROUSSEAU. — BÉRANGER. — LAMARTINE. —
MADAME ROLAND. — MADAME DE STAEL. —
MADAME NECKER DE SAUSSURE. — GEORGE SAND.

Avec une introduction

PAR

HENRI LAGRANGE

NOUVELLE
LIBRAIRIE NATIONALE
11, RUE DE MÉDICIS, 11
PARIS
1912

AVERTISSEMENT DES ÉDITEURS

En acceptant de publier les ouvrages qui doivent composer la Collection du Cercle Proudhon, afin de faire une place, dans nos collections, à l'étude méthodique des problèmes de l'économie moderne et à la philosophie de l'histoire, nous avons également accepté de donner à la collection le statut que les fondateurs et les membres du Cercle Proudhon se sont donné pour leurs études. On sait que le Cercle Proudhon, fondé en 1911 par des nationalistes intégraux, a réuni, dès la fin de la même année, sur le terrain antidémocratique, des écrivains syndicalistes et fédéralistes. Collectivement, les membres du Cercle critiquent et combattent la démocratie, mais leurs arguments, mais leurs manières d'être, mais leurs méthodes ne sont pas identiques.

Il ne nous appartenait pas de faire la critique de ce mode de collaboration, mais de permettre à tous les membres du Cercle de faire passer dans la librairie française et, par là, dans la culture générale, leurs différentes critiques de la démocratie qui, selon le statut du Cercle, n'engagent que leur signataire.

Nous avertissons donc le lecteur qu'il trouvera dans la collection du Cercle Proudhon des ouvrages d'inspirations différentes, où se retrouveront les nuances propres à l'origine intellectuelle de chacun des membres du Cercle, qui représentent soit le pur syndicalisme, soit le fédéralisme antidémocratique, soit le nationalisme intégral. Toutes ces valeurs apparaissent dans le volume qui ouvre la collection : Les Femmelins, de P.-J. Proudhon. C'est précisément ce qui fait l'extrême originalité de ce petit livre ; écrit par un homme qui se prétendait fils de la Révolution, il est le plus terrible, le plus dur des réquisitoires produits au XIXᵉ siècle contre les idées et les sentiments dont a vécu ou qu'a enfantés la Révolution. On ne pourrait ici exprimer qu'un regret : c'est que la rude vigueur de son auteur lui interdise d'être reçu dans les bibliothèques des jeunes filles.

LES ÉDITEURS.

INTRODUCTION

Les lettrés subissent en ce moment l'attrait des jugements profonds et des idées subtiles qui assurent à Proudhon une gloire durable.

Les événements littéraires de cette année, le bicentenaire de Rousseau, les leçons de Lemaitre sur Chateaubriand ramènent l'attention sur les études consacrées par Proudhon aux romantiques. Ainsi, doublement, l'actualité, née du caprice des hommes ou du souvenir des dates, nous invite à relire Proudhon, et désigne à la reconnaissance des hommes cultivés les pages où le grand polémiste révèle une magnifique intelligence des Lettres. L'amitié de Sainte-Beuve, tel est, au surplus, le rare laurier dont demeure à jamais honoré Proudhon critique littéraire.

*
* *

A l'examen des théories formulées par Proudhon, on goûte le haut sentiment de contempler un homme d'élite, debout parmi des décombres, qui conserve le secret de la vie et de la beauté. Proudhon, dont l'individualisme aurait pu se complaire dans la solitude orgueilleuse des romantiques, brûlait d'un trop vif souci de la vérité pour ignorer qu'une littérature ne s'improvise pas ; ni l'ingéniosité, ni la vigueur d'un esprit ne la peuvent engendrer. Une pensée, si personnelle, si originale qu'elle puisse être, s'anime au contact d'une société, se nourrit des richesses d'une civilisation.

Ainsi l'Art, par ses origines, échappe aux volontés incertaines, aux changeantes fantaisies des individus. La création d'un langage n'appartient pas à ces derniers, mais seulement la faculté de vivifier et d'émouvoir la langue qu'ils ont héritée de leurs pères. En quelques pages magistrales de son ouvrage sur *la Justice dans la Révolution et dans l'Église*, Proudhon retrace la mission et le rôle de la langue nationale, les ressources multiples qu'elle offre à l'esprit humain, l'agencement que les mots attendent d'une volonté raisonnable, et qui crée l'œuvre d'art :

« *L'homme de lettres, poète ou prosateur, n'est pas le créateur de la langue ; il en est, si l'on me permet cette expression socratique, l'accoucheur ; c'est lui qui la reconnaît, la dégage, la purge, puis la reproduit dans son œuvre, avec un surcroît de netteté, de force et d'éclat.[1] »*

Cette simple citation, quelle preuve elle nous apporte de l'intelligence littéraire de Proudhon ! Ils abondent, ces développements sur les propriétés de notre langue, qu'on voit s'épanouir sous le souffle ardent du poète ou du philosophe. Par l'adoption du langage traditionnel, les écrivains se reconnaissent tributaires de la société : ainsi l'affirmation proudhonienne enferme une condamnation primordiale de la révolte romantique. Ils apparaissent plus étroits encore et plus accusés, les rapports de la littérature et de la société, si l'on s'attache à définir la fonction de l'écrivain.

Les Lettres, chargées d'exprimer une société, de l'enrichir, de la parer, de l'éclairer, apparaîtraient à Proudhon bien diminuées, si elles devenaient simples prétextes aux

____

1. *La Justice dans la Révolution et dans l'Église*, t. III, p. 346-347. (Édition Flammarion.)

jeux d'individus éphémères, qu'elles fussent l'objet de l'amour du grand Lamartine, ou la chose prétendue du pauvre Béranger...

Les conflits des idées et des sentiments, des passions et des mœurs s'offrent à l'observation et à l'analyse de l'écrivain ; conflits dont le spectacle n'aurait ni grandeur, ni sens, si un jugement humain ne venait, en maître, les résoudre. Ainsi les remarques et les impressions qui, fugitives, ont souvent effleuré le lecteur, il doit les retrouver dans l'œuvre littéraire, mais réunies et condensées, interprétées et élucidées. Dégager des expériences personnelles un enseignement général, c'est un des plus beaux privilèges de l'écrivain.

Proudhon, résumant ces idées où se manifeste le caractère éminemment social de la littérature, écrivait notamment :

« Celui qui écrit pour les autres, de même qu'il est tenu de parler leur propre langue et de la leur parler mieux qu'ils ne feraient eux-mêmes, doit aussi leur révéler leurs idées, leurs sentiments, leurs passions, leurs mœurs, tout ce qu'ils sentent dans la confusion de leur pensée et qu'ils sont incapables d'exprimer et de définir [1]. »

La Muse, fille des cités, mais Homère l'invoquait. Quelle folie que de s'insurger contre cette vérité éternelle ! Folie que Proudhon criblait de railleries. Adversaire violent des néologismes, il composait à la louange de la langue française des pages où l'admiration du lecteur hésite à choisir entre une émouvante dialectique et l'éloquence d'un amour passionné. Rappelant aux écrivains que tous leurs efforts devaient tendre à permettre l'intelligence de leurs œuvres par le public, intelligence qui est l'une des conditions principales de la réussite, il pré-

---

1. *Ouvr. cit.*, p. 347.

disait sans timidité le sort réservé aux auteurs qui s'écartent des modes traditionnels, seuls propices à l'expression d'une pensée, car ils servent de point de rencontre aux hommes de générations diverses, ou de formations différentes :

« Son originalité plaira d'autant plus qu'elle paraîtra sortir du fonds de la langue, et exprimer la pensée de tout le monde. Elle ne serait pas reçue si elle affectait l'indépendance, le mépris des lois de la parole et du sens commun. Rien de plus libre, en apparence, que l'art du poète ; rien au fond de plus mathématique, de moins négligé, de plus exact. Une peine terrible attend l'écrivain qui s'oublie ; il ne sera pas lu, ou, si quelque temps il parvient à surprendre les suffrages, la réaction ne tardera pas à se déclarer contre lui ; il ne vivra pas [1]. »

Des paroles aussi nettes devaient être rapportées ici : elles établissent que Proudhon saisissait parfaitement la creuse prétention et l'affreuse vanité de ce qu'il nomme, lui-même, « l'art pour l'art ». Il apercevait bien que toutes les forces qui constituent l'aliment d'une littérature sont inséparables d'une société civilisée.

Avec sa logique implacable, Proudhon déroulait toutes les conséquences des axiomes littéraires qu'il venait d'énoncer :

« ... le mouvement étant inhérent à la littérature comme à la société, si la société est en progrès, la littérature s'élèvera avec elle ; si la première rétrograde, la seconde tombe aussitôt [2]. »

Il est aisé d'énumérer les idées qu'enferme cette proposition. Proudhon admet que le problème politique

---

1. *Ouvr. cit.*, p. 348-349.
2. *Id.*, p. 349.

ne doit pas trouver les lettrés indifférents ; de plus, il considère qu'une floraison superbe de la littérature escorte normalement un puissant développement matériel de la nation. Cette vue, qui fait à Proudhon le plus grand honneur, reçoit un prix trop grand de l'expérience pour n'être pas soulignée ici. Comme il projette sur tous les aspects des questions qui intéressent la république des lettres les lumières d'une intelligence indépendante et avertie, ce superbe fanatique !

*
* *

Abordant le problème de l'esthétique, Proudhon se demandait s'il était possible d'édifier une théorie véritable de l'Art. Aux adversaires de toute définition de l'Art, à ceux qui s'attachèrent aux figures successives de notre anarchie littéraire, Proudhon répond très justement en niant « la légitimité d'une notion, la réalité d'une chose qui se refuse à la définition [1] ».

Mais, s'avisant que l'art dépend de puissances qu'il est malaisé de réduire en formules, et qu'on ne peut préjuger des souveraines décisions du goût, Proudhon était amené à reconnaître que, si l'art suppose une souplesse, une mobilité, une variété infinies, il comporte néanmoins de sérieuses disciplines. Aussi éloigné d'une définition mathématique que d'une imprécision désordonnée, Proudhon comparait l'art au libre arbitre :

« *Si le libre arbitre se définit, c'est de la fatalité, s'il ne se définit pas, c'est néant* [2]. »

Sans doute l'art possède des règles qui limitent la fantaisie de l'écrivain, mais de quelles libertés jouissent

1. *Ouvr. cit.*, p. 342.
2. *Id.*

encore son imagination et son esprit ! Mettant obstacle aux folies et donnant pleine indépendance aux beautés, l'esthétique proudhonienne s'accorde à l'esthétique classique ; ce qui nous accompagne dans l'étude des principes littéraires de Proudhon, c'est le sentiment de cette analogie foncière des doctrines classiques et des conclusions proudhoniennes. L'observation de la nature, que Proudhon reconnaît la base de toute œuvre littéraire, lui paraît une matière livrée au travail de l'intelligence. L'art humain, c'est d'assigner aux réalités de la nature un ordre qui vient de l'esprit. L'homme classique possède ainsi la haute mission de recréer l'univers, sans le contredire, mais en lui imposant sa logique. C'est ce que Proudhon définit ainsi :

« L'art est la liberté même, refaisant à sa guise, et en vue de sa propre gloire, la phénoménalité des choses, exécutant (qu'on me passe le mot) des VARIATIONS *sur le thème concret de la nature* [1]. *»*

Il est impossible de donner une meilleure notion de l'art classique. Mais que de laideurs s'affichaient alors sous le couvert du classicisme, habiles à créer l'équivoque en s'apparentant à Racine... Proudhon devait ronger son frein, et se morfondre, à voir ainsi amis et ennemis des Lettres conspirer à maintenir l'obscurité et la confusion. Ces sentiments le poussaient sans doute à achever son analyse, à ne pas négliger de rappeler que, si l'intelligence emprunte à la nature les éléments de ses constructions, le choix de ces éléments, si l'on veut faire œuvre d'art, ne doit pas être de son seul ressort. Car, dit Proudhon :

« Pour juger de la beauté des choses, en autres termes

____

1. *Ouvr. cit.,* p. 343.

*pour les idéaliser, il faut connaître les rapports des choses :
toutefois, si l'art ne peut se passer de cette connaissance ni la
contredire, elle ne peut pas non plus le suppléer, et ne
l'explique pas tout entier. Il relève encore d'une autre faculté,
qui est le sentiment même du beau et de l'art, ou plus simplement le* GOUT [1]. »

Restaurant la vraie notion des pouvoirs de l'intelligence,
Proudhon évitait d'affaiblir le sentiment du beau, en les
étendant outre mesure. Il est faux de considérer l'art et la
nature comme deux puissances ennemies, autant que de
faire contenir l'art dans l'imitation servile de la nature.
Próudhon parlant au nom des lettres classiques, opposait
aux romantiques la supériorité de l'art :

« *La fin de l'art étant de relever plutôt que de déprimer
l'humanité et la nature* [2]. »

Sur cette éloquente parole, il convient d'envisager l'ap-
plication des théories de Proudhon dans ses études critiques. Pour ce qui est de la connaissance de l'Art, de ses
forces véritables, et de ses belles destinées, il n'est pas un
écrivain, si l'on excepte Sainte-Beuve, qui dans tout le
siècle dernier puisse même s'égaler à Proudhon.

*
* *

Dans son œuvre critique, Proudhon est demeuré fidèle
aux principes qu'il avait posés. Prononçant selon les
mouvements de son cœur, s'ils n'étaient pas condamnés
par sa raison, il s'est efforcé de justifier ses admirations par
une démonstration intellectuelle. Assurément, dit-il, l'intelligence ne peut nous faire aimer une œuvre qui nous

1. *Ouvr. cit.*, p. 343.
2. *Id.*

déplaît. Mais ses bannières sont les seules qui rallient les hommes autour d'elles. Si l'on n'acquiert point l'assentiment des cœurs, il est possible, si l'on a raison, d'obtenir le suffrage des intelligences. Que d'influences peuvent être ainsi écartées, qui tendent à ruiner les fondements du goût public ! Il suffit de ne pas perdre de vue que, si tout ce qui est conforme à la raison n'est pas beau, il est incontestable que le Beau ne se trouve jamais dans un camp hostile à l'intelligence. « Aussi, écrivait Proudhon, ne raisonné-je point de ce qui dans les vers ne peut être que senti, mais de ce qui est intelligible. »

Je ne puis m'attacher à la technique de la poésie, qui occupe longuement Proudhon, mais, dans cet ordre même, avec quel respect touchant et quelle passion contenue il parle de Virgile et d'Homère ! S'il est attiré par le charme invincible de tels vers de Racine, un mot, un membre de phrase divulguent son émotion profonde et nous le montrent vibrant sous la caresse des divines harmonies :

« Les vers montent comme la pensée ; il semble voir, sur la pente du mont sacré, défiler d'un pas mesuré la procession, maintenant défendue par une reine infidèle [1].

> Que les temps sont changés ! Sitôt que de ce jour
> La trompette sacrée annonçait le retour,
> Du temple orné partout de festons magnifiques,
> Le peuple saint en foule inondait les portiques. »

Sensible à l'extrême à la beauté racinienne, Proudhon faisait preuve d'une grande dureté à l'égard de Corneille, dont il ne croyait plus les pièces « représentables ». Il était rebelle à l'excès aux boursouflures, aux attitudes emphatiques qui, parfois, déparent la tragédie cornélienne. Mais Proudhon exagérait le nombre et l'importance de ces

---

1. *Ouvr. cit.*, p. 386.

erreurs et de ces infériorités partielles. Au reste, il concé-
dait volontiers qu'on trouve, dans l'œuvre de Corneille,
« quelques centaines de vers les plus prodigieux qu'ait en-
tendus le monde poétique ».

Aussi bien, s'il accueille avec honneur les grands noms
de Racine et de Molière, réserve-t-il son plus beau témoignage d'admiration à Boileau :

« *Celui*, écrit Proudhon, *que j'admire entre tous, non
pour sa puissance poétique, mais pour l'intégrité de sa raison,
est Boileau. Quand je songe à l'état de platitude et d'affectation où était tombé... le génie français, au commencement du
XVIIe siècle ; quand je vois cette obstination de mauvais goût et
de pédantisme qui distinguait un Scudéri, un Cotin, un Scar-
ron, un Chapelain et tant d'autres qu'accueillaient avec délices
ET LA COUR ET LA VILLE, j'avoue que je suis tenté de donner
la palme au ferme esprit qui seul fit face au torrent, et à qui
l'on ne peut reprocher la plus petite transaction* [1]. »*

Boileau, Molière, Racine, tels sont les grands écrivains
qui suscitent chez Proudhon une surprise plus doulou-
reuse d'assister au déclin de cette littérature qui brillait
d'un éclat si vif, aux siècles précédents, qu'elle recueillait
l'admiration de l'Europe cultivée.

Elle provoquait chez Proudhon de violentes explosions
de colère et de mépris, cette anarchie romantique qui ré-
pudiait toute notre histoire littéraire. L'accueil fait aux
poètes étrangers surtout soulevait son indignation. L'ironie et le sarcasme couvrent mal les mouvements de la
fureur qui coupent et suspendent ses phrases, et qui,
maîtrisés, s'écoulent en minces filets d'amertume :

« *Le théologique Dante, le désespéré Byron, deux carac-*

____

1. *Ouvr. cit.*, p. 390-391.

tères antifrançais, prennent dans l'opinion la place de Voltaire. Racine est mis au pilori, Boileau traité de JOUEUR DE QUILLES, *La Fontaine de* PRÉJUGÉ NATIONAL, *Rabelais* D'INFAME CYNIQUE. *Cela s'imprime, se publie, jusqu'en 1857, la démocratie appelée à souscrire. On fait grâce à Corneille, moins pour ses éclairs, pour son vers architectural, qu'on se soucie peu d'imiter, que pour son enflure espagnole et l'invraisemblance de ses plans. On épargne Molière, je n'ai jamais su deviner pourquoi. L'horreur du* CLASSIQUE *est allée jusqu'à la négation du vers français, incommode par sa césure et sa rime, et trop au-dessous de génies si puissants* [1]. »

Je prie qu'on passe sur ce que Proudhon dit de Dante, qu'il n'était en état ni de comprendre, ni d'aimer, pour admirer l'ardeur de sa défense des classiques, et l'ampleur donnée au débat, et l'énergie de la riposte. L'intelligence et le goût, l'activité et la passion, unies chez Proudhon, concourent ici à tourner, à blesser, à vaincre les romantiques. Se fût-il contenté d'occuper une position si conforme à l'intérêt des lettres françaises, Proudhon mériterait de vivre dans la mémoire des lettrés.

Les injures prodiguées aux classiques, en même temps que des poètes sans intelligence, parfois même sans don et sans passion, étaient portés aux nues : telle était la physionomie du monde littéraire au milieu du siècle dernier. Proudhon ne reculait pas devant un sévère diagnostic : « la décadence des lettres françaises » était par lui constatée. Mais Proudhon lui-même avait insisté sur les liens qui unissent la fortune des lettres à celle des sociétés. S'il eût achevé sa pensée, et n'en eût point esquivé les conséquences logiques par d'habiles subterfuges, Proudhon, avant d'attaquer les représentants les plus qualifiés du romantisme, eût engagé la procédure contre la Révolution. Il se fût

1. *Ouvr. cit.*, p. 400.

rappelé que si les insurrections de 1830 et de 1848 avaient pour contemporaine une littérature déchue de son ancienne dignité, nos plus illustres écrivains, un La Fontaine et un Molière, un Bossuet et un Racine, un Boileau et un La Rochefoucauld vécurent au même siècle, dans le temps que la volonté du roi de France était maîtresse en Europe.

*
* *

Avant de passer en revue les jugements de Proudhon sur la littérature romantique, j'aime à m'expliquer sur l'accusation souvent portée contre lui de ne pas concevoir, en critique littéraire, un point de vue autre que le respect de la morale. Reproche injuste et que son admiration pour le théâtre classique anéantit à l'instant même qu'il est porté. Sainte-Beuve lui-même, qui n'avait pu atténuer la sévérité de Proudhon, écrit que « la morale sociale appliquée à la littérature s'imposait à cet esprit rigoureux, comme une règle, une loi de conscience ». Mais le goût et la raison ont-ils été dévoyés chez Proudhon par ses préoccupations morales ? Il faut s'inquiéter de l'influence qu'elles exercèrent sur ses décisions littéraires : l'entraînèrent-elles à de fâcheuses conclusions, ou bien, sans nuire à l'autorité du goût, eurent-elles une part dans ses déterminations les plus heureuses ? Il est vrai, assurément, que la morale et la littérature sont choses distinctes, mais non pas ennemies. La fermeté et l'inflexibilité d'une pensée, l'unité d'un dessein, l'ordre de son exécution, sont qualités littéraires, mais qui rejoignent des vertus morales en ce qu'elles résultent d'une volonté, et qu'elles exigent un caractère.

C'est cette absence de caractère et de volonté, cette soumission de la force vivante d'un esprit ou d'un livre à la couleur et à la complexité d'une imagination féconde qui singularisent le romantisme, dessinent ses contours historiques, lui donnent sa figure. Le débordement de la passion résout et consomme cette entreprise artistique, qui prétendait se passer de l'intelligence, ou la reléguer à un rang inférieur. Dans son examen de l'œuvre et de la vie de Lamartine, Proudhon apparaît aidé et secouru par ses idées morales. Ainsi peut-être nous est-il permis de découvrir et de reconnaître quelques-uns des rapports à fixer entre les lettres et les mœurs.

Proudhon commençait par rendre hommage aux dons naturels de Lamartine, à la noblesse de son cœur, à sa fidélité désintéressée, à ses convictions.

« *Tout d'abord, écrit Proudhon, on l'aime, on se sent attiré vers lui ; on le prendrait volontiers pour directeur de conscience ; il semble même, à la limpidité et à l'éloquence de sa parole, que l'on pourrait se reposer sur lui du soin de penser et de raisonner, tant dans ses écrits, comme dans ses discours et dans toute sa personne, l'expression du beau apparaît comme le gage souverain de la raison*[1]. »

Mais pour s'abandonner aux directions de Lamartine, il faudrait accorder sa confiance avec une facilité bien grande, et agir sur des apparences sans prendre le soin de les vérifier.

Personne n'était moins fait pour diriger et pour guider que Lamartine ; il observait, il enregistrait, mais sans comprendre ; aussi bien ne se décidait-il pas. « Il contemple, disait Proudhon, il ne pénètre pas[2]. »

« *Trop instruit pour se payer d'utopies, trop faible de génie pour percer les ténèbres qui l'enveloppent, cherchant le courant providentiel autant que peut le révéler à une âme de*

1. V. *infra*, p. 40.
2. *Id.*

poète le tourbillon des événements, il ne sait jamais quelle route choisir, quelle conduite tenir, quel principe affirmer[1]. »

Les incertitudes de l'esprit et les flottements du cœur interdisaient de suivre Lamartine ; ils l'expliquent cependant et, une fois admis, ils inondent de clarté son œuvre et sa vie. Tous les revirements brusques de Lamartine en politique, son légitimisme, son orléanisme, son républicanisme, Proudhon, encore qu'il s'agisse d'un de ses adversaires les plus déclarés, évite de les imputer à la bassesse de l'âme. Mais quelles preuves formidables lui sont ainsi fournies à l'appui de ses affirmations touchant l'impuissance intellectuelle de Lamartine. Proudhon nous montre ce dernier se contredisant chaque jour, démentant aujourd'hui ce qu'il affirmait hier, sincère toujours, mais aussi suivant le vent, obéissant à des impressions passagères, se livrant tout entier aux partis les plus opposés, selon que les tempêtes de la rue, les hasards du livre, les incidents de séance l'avaient porté d'un côté ou de l'autre.

Je n'emprunterai pas à Proudhon les souvenirs et les citations sur lesquels s'appuient ses critiques passionnées. Lamartine fut volage, qui ne le sait ? mais les conclusions que Proudhon tire des événements auxquels fut mêlé Lamartine sont d'une dialectique serrée et irréductible, d'un accent qui indique la maîtrise de la pensée et la sûreté du jugement :

« *J'en ai dit assez pour faire comprendre au lecteur qu'un semblable zigzag d'opinions, chez un homme que son caractère met à l'abri de tout soupçon injurieux, procède d'autre cause que de légèreté et de mauvaise foi : c'est l'entendement qui ne fonctionne pas, qui, ne produisant pas de germes, laisse l'homme sans résolution, sans conseil, sans critère...*

1. V. *infra*, p. 41.

Mieux eût valu une vraie femme. Esprit malade sous une apparence de sérénité ; enfant sublime, dont la malfaisance égale l'innocence, M. de Lamartine est une de ces natures que les partis doivent se renvoyer l'un à l'autre, comme des mèches incendiaires si mieux ils n'aiment les exclure d'un commun accord du forum et de la politique [1]. »

Avec quelle connaissance du sujet, et quelle véhémence dans les termes, Proudhon le déshabille, le dissèque, et le reconstitue de pied en cap. Mais le Lamartine, ainsi présenté au public, avoue et désigne lui-même ses faiblesses intellectuelles et sentimentales. Au lieu de tromper par un port de visage aimable et fier ou par quelque emportement de la parole, il nous renseigne, par la plume de Proudhon, sur les lacunes de son jugement, les troubles de son cœur et les défaillances de sa volonté.

Rousseau se découvrait à Proudhon comme le premier des romantiques, aussi le critique a-t-il relevé dans son œuvre les caractères essentiels et les traits principaux du romantisme :

« *Le moment d'arrêt de la littérature française commence à Rousseau. Il est le premier de ces femmelins de l'intelligence, en qui, l'idée se troublant, la passion ou affectivité l'emporte sur la raison, et qui, malgré des qualités éminentes, viriles même, font incliner la littérature et la société vers leur déclin* [2]. »

Jugement faux, âme molle, caractère faible, ainsi privé de son prestige révolutionnaire, Rousseau apparaît à Proudhon. Mais il a cependant conquis une immense autorité sur les esprits de son temps. Proudhon lui en tient compte :

1. V. *infra*, p. 46.
2. *Id.*, p. 30.

« *C'est quelque chose d'avoir allumé dans les âmes un tel embrasement : en cela consiste la force et la virilité de Rousseau ; pour tout le reste il est femme* [1]. »

L'affaiblissement de l'intelligence et le règne de la passion, Proudhon les considère comme marquant une diminution de l'humanité. La plus haute faculté de l'homme, celle de raisonner et de juger en faisant abstraction des sentiments et des passions, est délaissée par un Rousseau, un Lamartine, un Bernardin de Saint-Pierre, si injuste qu'il puisse paraître d'ajouter le nom de cet écrivain que Proudhon accablait de son dédain.

Femmes, ces écrivains qui renoncent à parler au nom de l'intelligence, et qui, sans redouter de varier sans cesse, tournent dans toutes les directions, satisfaits de subir comme une loi sainte tous les caprices de leur cœur, tous les fantasmes nés de leur imagination !

Les contradictions et les utopies qui font éclater au grand jour l'anarchie complète de leur être intellectuel et sentimental, engendrent ou dénotent une irrémédiable anarchie morale. Là où l'intelligence cesse de conduire et de commander, les pires folies des sens trouvent à conquérir et à dominer. En cela Proudhon, loin d'être égaré, reçut un précieux appoint de ses observations morales, et la lâcheté des mœurs l'aida peut-être à reconnaître la submersion des intelligences. Ainsi, Proudhon insiste sur « le penchant aux sujets érotiques » qui distingue les romantiques. Là encore, il signale un des résultats de la barre prise par l'élément féminin sur l'élément masculin, par l'élément passionnel sur l'élément intellectuel, en littérature. Le romantisme pour Proudhon, comme pour Maurras, c'est l'abaissement de l'intelligence qui se traduit, dans les œuvres, par une littérature féminine :

1. V. *infra*, p. 33.

« *Toute littérature en progrès, ou, si l'on aime mieux, en développement, a pour caractère le mouvement de* L'IDÉE, *élément masculin ; toute littérature en décadence se reconnaît à l'obscurcissement de l'idée, remplacée par une loquacité excessive, qui fait d'autant mieux ressortir le faux de la pensée, la pauvreté du sens moral, et, malgré l'artifice de la diction, la nullité du style* [1]. »

Quelle vue magnifique de l'histoire des lettres, et qui reçoit un prix nouveau en même temps qu'elle y trouve une merveilleuse vérification, du *Romantisme féminin* de Maurras : ils se dessinent entre les lignes du livre de Proudhon, les profils de ces délicieuses poétesses, ces « doux monstres à têtes de femmes [2] », dont Maurras a écrit qu' « *en ressuscitant le romantisme, et en l'amplifiant, elles l'illuminent* [3] ». Belle alliance de deux grands esprits, à cinquante ans de distance, pour dénoncer pareillement le péril que font courir aux lettres ceux qui s'insurgent contre les disciplines intellectuelles, ouvrant la porte au mauvais goût.

*
* *

Les romancières même devaient intéresser Proudhon, et lui sembler de beaux sujets de réflexion. Je n'analyserai pas ce qu'il dit de Mme Rolland, de Mme Necker de Saussure et de Charlotte Corday, bien que les pages qu'elles remplissent fourmillent d'aperçus subtils et fins, qui contiennent la preuve que l'ingéniosité et le sens critique de Proudhon ne sont jamais en défaut. Mais sur Mme de Staël, il porte des jugements longuement motivés, d'une logique inéluctable, et dont le son est singulièrement juste.

1. V. *infra*, p. 27-28.
2. *L'Avenir de l'Intelligence*, p. 16, Nouvelle Librairie Nationale.
3. *Le Romantisme féminin*, p. 221, in *l'Avenir de l'Intelligence*.

Sur le lord Melvil de *Corinne* notamment, Proudhon fait les remarques suivantes :

« *Quant à lord Melvil, le héros du roman, un homme selon le cœur de Mme de Staël, c'est un être sans caractère, sorte de pantin qui, après avoir longtemps soupiré pour Corinne et lui avoir promis mariage, l'abandonne en lâche, trahit sa parole et épouse ailleurs. C'est un fait d'observation générale que les caractères d'hommes conçus par les romancières sont au-dessous de la virilité. Mettez à la place de lord Melvil le premier bourgeois venu de la cité de Londres ; dès le premier jour, il en eût fini avec la donzelle par cette proposition simple : « Pouvez-vous, ô Corinne ! renoncer à vos triomphes et vivre comme une Anglaise, sauf à mêler de temps en temps aux occupations domestiques votre culte des beaux arts ? Nos femmes, que vous dédaignez, ne sont pas tellement ménagères qu'elles ne s'amusent volontiers de musique, de danse et de littérature, comme de modes. Servez-leur en tout de modèle. Un gentleman ne trouvera jamais, pour lui verser le thé, Vénus trop belle, Minerve trop sage, les Muses trop savantes, Junon même trop grande dame. Voulez-vous être la première lady d'Angleterre ? » On s'expliquait, Corinne acceptait, tout finissait, mais Mme de Staël perdait sa cause*[1]. »

L'admirable page ! Une telle puissance de verve et de mouvement mise au service de la raison et du goût, place Proudhon au premier rang de nos critiques littéraires. Je n'aurai pu donner ici qu'une bien vague notion de l'acuité de ses analyses, de l'extraordinaire vigueur de ses synthèses. Deux traits lancés violemment dans la fureur de l'attaque témoigneront de son intelligence philosophique, aussi bien que de son observation perçante. Au plus fort d'une diatribe contre l'immoralité de Mme Sand, Prou-

---

1. V. *infra*, 72-73.

dhon, dans un éclair, dévoile la signification réelle du romantisme : « *C'est toujours*, dit-il, *la logique du dévergondage mise à la place de la raison du genre humain* [1]. » Dévergondage de la pensée et du sentiment, des sens et de l'imagination, qu'on retrouve chez tous les romantiques, unis par ce trait commun qu'ils pèchent tous contre l'ordre et contre la nature des choses.

Enfin, une intention railleuse devient pour Proudhon l'occasion d'une découverte exceptionnellement importante ; la confusion, chez les femmes les mieux douées des sentiments personnels avec les idées générales, n'a peut-être jamais été mise en lumière comme dans ces lignes toutes trempées d'une ironie empoisonnée :

« *De même*, écrivait Proudhon, *que Mme Roland, Mme de Staël fut une espèce de chef de parti. L'idée qu'elle représente est la réaction au despotisme militaire ; et comme la première avait eu, dit-on, son Barbaroux, la seconde eut son Benjamin Constant. La femme n'a pas une idée dont elle ne fasse un petit amour : que ce soit sa gloire, si l'on veut ; mais que ce soit aussi le signe de sa faiblesse* [2]. »

Par la nerveuse et parfois superbe allure de leur style, par l'ordre et les ruses habiles de leurs développements, par tout cet ensemble d'où jaillit une lumineuse décision, certaines pages littéraires de Proudhon sont promises à l'immortalité.

*
* *

A lire ces pages, toutes secouées d'une passion guerrière, teintées d'un sang généreux, éloquente protestation de la

1. V. *infra*, p. 99-100.
2. *Id.*, p. 73.

raison, on apprécie la valeur historique de l'œuvre proudhonienne. Qu'il apostrophe Lamartine ou George Sand, qu'il raille Mme de Staël ou qu'il répudie Rousseau, c'est avec une magnificence orgueilleuse que Pierre-Joseph Proudhon déploie les drapeaux de l'intelligence et arbore les enseignes classiques.

Il dépouille le romantisme de ses oripeaux éclatants, il transperce la confiance en soi-même et les chants de triomphe des grands romantiques. Sous tant de faste, il cherche en vain la force de la pensée, la puissance de création. Il ne trouve rien que l'ignorance mariée au blasphème, une luxure mêlée de niaiserie ; au juste, l'amour du *moi*, dans ce qui s'oppose en lui à la coutume sociale, aux habitudes courantes, aux obligations morales, à la tradition reçue, aux nécessités nationales, à la vie civilisée ; l'enivrement des originalités et des tares, de tout ce qui, contredisant l'univers, exile et isole l'individu. Tels sont, relevés par Proudhon, les caractères essentiels de la folie romantique.

Briser toutes les chaînes, dénouer tous les liens qui unissent l'individu aux contemporains et aux ancêtres, à l'éternité et au présent, à la nature et au genre humain, c'est libérer et couronner ces désirs honteux, ces passions secrètes et ces rêves déshonorants qu'étouffent, dans l'homme, les contraintes de la civilisation, l'expérience fructueuse des anciens et les prudents calculs de la raison. Ce qu'on cachait soigneusement est publié : les difformités morales sont glorifiées, les curieux appétits et les inquiétudes bizarres des races mineures et des peuples sauvages émergent d'entre les débris de la civilisation : le goût de la chair humaine hante les romantiques. Pour satisfaire aux exigences divinisées des humeurs les plus basses, pour suivre l'aventure du siècle, la mode de l'an, le désir de l'heure, on expose la prospérité des nations et la vie des peuples, on porte le feu dans les plus glorieuses forteresses de la civilisation, on voue aux gémonies les souvenirs les plus honorables et les traditions les plus sacrées du genre humain.

Nourrir avec soin un monstrueux penchant devient l'obsession d'un Rousseau, qui implore l'humiliation comme une caresse et se plonge avec délices dans l'infamie. Il n'est pas un romantique qui ne soit possédé de la religion du pervers et qui ne profane la dignité humaine. Les Femmelins ! Proudhon a prononcé le grand mot antiromantique. La sujétion de l'esprit et l'anéantissement de la volonté, l'hégémonie des sens et le renoncement à la vie, se révèlent en dernière analyse les effets directs du romantisme. La maîtrise de soi cède aux inclinations du cœur et aux entraînements de la passion.

Les faiblesses féminines, reines néfastes, accomplissent les pires ravages dans la pensée et dans la vie, dans les Lettres et dans l'État. Gracieuses à leur rang, elles sont, dans le commandement, des périls publics. C'est que les femmes n'ont point mission de conduire ; quand les hommes renoncent à penser, à diriger, à veiller au salut commun, quand leur propre sûreté leur indiffère, des désastres sans nom sont le prix de cette lâche abdication.

Aussi le romantisme se découvre-t-il à Proudhon comme une littérature, une philosophie, une morale et une religion du Suicide. Proudhon, détracteur de Rousseau, adversaire de l'Italie une, grand citoyen et honnête homme, eut admiré, avec Maurras, dans *Sabine de Fontenay*, l'héroïne de Mme de Noailles, « comment une anarchie profonde défait une personne, aussi exactement qu'elle décompose un style ou un art, une pensée ou un État »[1].

---

[1]. *L'Avenir de l'Intelligence. Le Romantisme féminin*, p. 220.

*
* *

La vie privée et les affaires publiques, le gouvernement
des nations et l'économie des œuvres littéraires, sollicitent
également l'intervention de l'intelligence. A la faveur des
circonstances, profitant des suggestions du génie, utilisant
les événements et les faits, le malheur et la fortune, les
choses et les hommes, l'intelligence humaine se soumet le
monde et l'ordonne.

Ceux qui prétendaient s'affranchir de son pouvoir, échap-
per à ses directions, n'eurent pas d'ennemi plus lucide, plus
perspicace, plus éloquent que Proudhon. Qu'il dénonce
l'aventure italienne, ou qu'il vitupère George Sand, il
nous apparaît comme un maître de la pensée française :
émule de Nicolas Boileau, héritier spirituel des rois de
France, Proudhon reçoit de notre reconnaissance le titre
de grand classique.

HENRI LAGRANGE.

LES FEMMELINS

INFLUENCE DE L'ÉLÉMENT FÉMININ SUR LES MŒURS
ET LA LITTÉRATURE FRANÇAISE

On a dit que l'esprit avait, comme l'animal, sa dualité sexuelle, son élément masculin et son élément féminin.

L'élément féminin, nonobstant la qualité spécifique qui résulte de son infériorité même et le fait reconnaître, est en dernière analyse un élément négatif, une diminution ou affaiblissement de l'élément masculin, qui à lui seul représente l'intégrité de l'esprit.

Si dans une société, dans une littérature, l'élément féminin vient à dominer ou seulement à balancer l'élément masculin, il y aura arrêt dans cette société et cette littérature, et bientôt décadence.

Cette prévision de la logique est confirmée par l'expérience.

Toute littérature en progrès, ou, si l'on aime mieux, en développement, a pour caractère le mouvement de l'*idée*, élément masculin ; toute littérature en décadence se reconnaît à l'obscurcissement de l'idée, remplacée par une loquacité excessive, qui fait d'autant mieux ressortir le faux de la pensée, la pauvreté du sens moral, et, malgré l'artifice de la diction, la nullité du style.

La raison de ceci se découvre d'elle-même.

Une suite de chefs-d'œuvre, en développant les aptitudes de la langue, lui a donné l'abondance, la flexibilité, la force, créé ses locutions et ses formes. La philosophie, les sciences, l'industrie, toutes les branches de l'activité sociale l'ont enrichie. Son dictionnaire, comprenant avec les vocables, les tours, formules, acceptions de mots, est devenu un arsenal où fourmillent les idées, et dont aucun écrivain n'épuisera les trésors. A ces matériaux déjà si riches, la grammaire et la rhétorique ajoutent leurs recettes : moules de phrases, périodes, cadences, etc. ; on en a pour tout. L'art de faire jouer *la métaphore et la métonymie*, de darder l'apostrophe, d'amener le mot, d'enfoncer le trait, est connu ; la tactique du langage n'a plus de secrets. Pour faciliter le travail, on a des répertoires de rimes, de synonymes, d'épithètes, de périphrases, d'exemples choisis, qu'il suffit de parcourir, pour en voir jaillir sans cesse de nouveaux aperçus, des rapprochements ingénieux, des traits d'esprit, des coq-à-l'âne, enfin des idées telles quelles. Le dépouillement des littératures étrangères apporte un dernier contingent, avec lequel on donnera une couleur encore plus foncée à cette originalité de mauvais aloi. Allez maintenant, jeune homme ; prenez et mélangez, comme font les apothicaires, *sume et misce*. Vous êtes écrivain, vous pouvez, pendant une génération au plus, devenir grand homme.

On conçoit combien cette méthode est favorable à l'amplification et au lyrisme. L'ode elle-même n'est qu'une description par énumération des parties, une litanie. Ouvrez le *Gradus ad Parnassum*, au mot *Jupiter*, par exemple : vous avez une ode toute faite, dans le genre orphique. J'ose dire qu'une partie de la littérature contemporaine, poésie et prose, n'a pas d'autre raison d'être, que c'est là ce qui fait son mérite, et ce qui depuis le commencement du siècle a déterminé sa décadence.

Pour faire comprendre la cause des rétrogradations humaines, j'ai cité, dans une autre étude, quelques extraits de mes lectures d'histoire ; qu'on me permette, dans le même but, de donner un croquis de mes observations sur quelques-uns de nos gens de lettres.

J.-J. ROUSSEAU

Le moment d'arrêt de la littérature française commence à Rousseau. Il est le premier de ces *femmelins* de l'intelligence, en qui, l'idée se troublant, la passion ou affectivité l'emporte sur la raison, et qui, malgré des qualités éminentes, viriles même, font incliner la littérature et la société vers leur déclin.

Le bon sens public et l'expérience ont prononcé définitivement sur Jean-Jacques : caractère faible, âme molle et passionnée, jugement faux, dialectique contradictoire, génie paradoxal, puissant dans ses aspirations, mais faussé et affaibli par ce culte de l'idéal qu'un instinct secret lui faisait maudire.

Son discours sur les *Lettres et les arts* ne contient qu'un quart de vérité, et ce quart de vérité, il l'a rendu inutile par le paradoxe. Autant l'idéalisme littéraire et artistique est favorable au progrès de la Justice et des mœurs quand il a pour principe et pour but le droit, autant il leur est contraire quand il devient lui-même prépondérant et qu'il est pris pour but : voilà tout ce qu'il y a de vrai dans la thèse de Rousseau. Mais ce n'est pas ainsi qu'il a vu la chose : son discours est une déclamation que l'amour du beau style, qui commençait à faire perdre de vue l'idée, put faire couronner par des académiciens de province, mais qui ne mérite pas un regard de la postérité.

Le *Discours sur l'Inégalité des conditions* est une aggravation du précédent : si Rousseau est logique, c'est dans l'obstination du paradoxe, qui finit par lui déranger la raison. La propriété, malgré la contradiction qui lui est inhérente et les abus qu'elle entraîne, n'est en fin de compte qu'un problème de l'économie sociale. Et voyez la misère de l'écrivain, tandis que l'école physiocratique fonde la science précisément en vue de résoudre le problème, Rousseau nie la science et conclut à l'*état de nature*.

La politique de Rousseau est jugée : que pourrais-je dire de pis contre sa théorie de la souveraineté du peuple, empruntée aux protestants, que de raconter les actes de cette souveraineté depuis soixante et dix ans? La Révolution, la République et le peuple n'eurent jamais de plus grand ennemi que Jean-Jacques.

Son déisme, suffisant pour le faire condamner par les catholiques et les réformés, est une pauvreté de théologastre, que n'osèrent fustiger, comme elle méritait de l'être, les chefs du mouvement philosophique, accusés par l'Église et par Rousseau lui-même de matérialisme et d'immoralité. Justice est faite aujourd'hui et de l'*état de nature* et de la *religion naturelle*.

L'*Héloïse* a relevé l'amour et le mariage, j'en tombe d'accord, mais elle en a aussi préparé la dissolution :

de la publication de ce roman date pour notre pays l'amollissement des âmes par l'amour, amollissement que devait suivre de près une froide et sombre impudicité.

Les *Confessions* sont d'un autolâtre parfois amusant, mais digne de pitié.

Quant au style, excellent par fragments, toujours correct, il est fréquemment déshonoré par l'enflure, la déclamation, la roideur, et une affectation de personnalité insupportable. Rousseau a ajouté à la gloire de notre littérature ; mais, comme pour le mariage et l'amour, il en a commencé la décadence.

En somme, et cette observation est décisive contre lui, Rousseau n'a pas le véritable souffle révolutionnaire ; il ne comprend ni le mouvement philosophique ni le mouvement économique ; il ne devine pas, comme Diderot, l'avenir glorieux du travail et l'émancipation du prolétariat, dont il porte si mal la livrée ; il n'a pas, comme Voltaire, cet esprit de Justice et de tolérance qui devait amener, si peu d'années après sa mort, la défaite de l'Église et le triomphe de la Révolution. Il reste fermé au progrès, dont tout parle autour de lui ; il ne comprend, il n'aime seulement pas cette liberté dont il parle sans cesse. Son idéal est la sauvagerie, vers laquelle le retour étant impossible, il ne voit plus, pour le salut du peuple, qu'autorité, gouvernement, discipline légale, despotisme populaire, intolérance d'église, comme un mal nécessaire.

L'influence de Rousseau fut immense cependant : pourquoi ? Il mit le feu aux poudres que depuis deux siècles avaient amassées les lettrés français. C'est quelque chose d'avoir allumé dans les âmes un tel embrasement : en cela consiste la force et la virilité de Rousseau ; pour tout le reste il est femme.

Le successeur immédiat de Rousseau, dans cette série féminine, fut Bernardin de Saint-Pierre. Je n'en dirai rien : l'opinion sur le caractère de cet écrivain est formée depuis longtemps.

Je passe également sur toute la période révolutionnaire et impériale, pendant laquelle les intelligences d'élite furent entraînées dans d'autres directions, et j'arrive à la littérature contemporaine, qui commence à la Restauration.

Ici, je l'avoue, je ne vois guère que les historiens et les philologues dont la pensée féconde mérite les honneurs de la virilité, et soutienne la Révolution et le progrès. Tout le reste me paraît, en prédominance croissante, livré à l'esprit femelle, stérile et rétrograde.

BÉRANGER

Une réaction vient de se déclarer contre le célèbre chansonnier, à propos de sa publication posthume. Je crois cette réaction mal fondée dans ses motifs, mais en partie juste.

Que Béranger ait passé les vingt dernières années de sa longue existence à rimer une centaine de chansons au-dessous du médiocre, il en avait parfaitement le droit, et c'est nous qui sommes des sots de les lire ; — que l'insignifiance de ses mémoires soit poussée jusqu'au commérage, est-ce sa faute si nous attendions de lui des révélations ? — que son chauvinisme soit en 1857 ce qu'il était en 1825, cela prouve tout juste que le monde a marché depuis trente-deux ans, et que Béranger est resté ce qu'il était ; — qu'il s'en vienne ressasser, quand l'histoire est ouverte, la postérité saisie, l'opposition éteinte, de stupides calomnies contre les Bourbons, et se croie pour cela un grand citoyen, c'est une infirmité d'esprit à porter au compte de la vieillesse ; — qu'il demande pardon au lecteur des grivoiseries de son jeune temps, je ne le trouve pas de mauvais exemple ; — qu'il implore le *Dieu des bonnes gens*, le Dieu de Maximilien, le Dieu d'Alphonse de Lamartine, après l'avoir si drôlement chansonné, on n'en peut rien conclure, sinon que Béranger, tout révolutionnaire et esprit fort qu'il

se croyait, entendait aussi peu la Révolution que la
philosophie ; — qu'au lieu de se lancer, comme tout
l'y invitait, dans la carrière politique, il ait arrangé sa
petite vie loin du flux et du reflux de la popularité,
des orages du parlement et des écueils du pouvoir,
ménager de sa réputation, craignant sur toute chose
de se compromettre, désireux de ne se brouiller avec
personne et de s'assurer un superbe enterrement, il
serait d'autant plus injuste, à mon avis, de l'en blâmer,
qu'il se faisait justice et qu'en pareil cas tout individu doit être cru sur parole.

Béranger n'en reste pas moins le premier poète
français du dix-neuvième siècle : de quel calibre est
cet homme ?

Béranger appartient à la Révolution, sans nul doute ;
il vit de sa vie ; ses chansons, comme les fables de
La Fontaine, les comédies de Molière et les contes de
Voltaire, ont conquis parmi le peuple et les hautes
classes une égale célébrité. Et c'est ce qui élève Béranger au-dessus de tous les poètes contemporains :
en fait d'art et de poésie, une pareille universalité
d'admiration est décisive et dispense de tout autre
argument.

Béranger est-il initiateur, comme furent les anciens lyriques, comme Homère, Virgile, Corneille,
Boileau, Molière, La Fontaine, Voltaire ? A-t-il en
lui le concept, l'idée ?

A cette question je réponds sans hésiter : Non, Béranger n'a rien du poète initiateur ; c'est un écho,

une harpe éolienne. Lui-même le dit quelque part :
*Je suis un luth suspendu, qui résonne dès qu'on y
touche.* Que la voix publique vienne ébranler son âme,
il chantera ; lui-même ne la devance pas. Seul, il se
trompe constamment ; il ne connaît ni sa route, ni
son étoile.

Pour le style et les mœurs, je parle ici des mœurs
poétiques, c'est simplement un disciple de Voltaire et
de Parny ; aucune qualité propre ne le distingue, si ce
n'est peut-être la fatigue et l'obscurité trop fréquente de
ses vers. Sa plaisanterie et ses gaudrioles sont en général
puisées à deux sources suspectes, l'impiété et l'obscénité.
Ses chansons bachiques n'ont pas non plus la joie
franche des chansons gauloises : elles sont d'un poète
qui se met à table ; il y a de la recherche, de la pré-
méditation, trop de philosophie. Béranger est sérieux,
point naïf, souvent tendu et forcé, jamais aviné. Il
serait demeuré un poète médiocre, si les circonstances où il vécut ne lui avaient fait trouver une
autre veine.

Pour le fond, il n'a pas plus d'invention et d'initiative.

D'abord, il chante l'amour grivois, et rétrograde
de Rousseau à Brantôme et à Boccace. Rarement il
s'élève jusqu'au sentiment et à l'idéal ; et toute cette
partie de son œuvre serait à dédaigner, si, par la vivacité des tableaux et le mordant de la vérité, sa chanson, licencieuse de pensée et de fait, n'était devenue une satire d'un genre supérieur à celui d'Horace

et de Juvénal. *Ma Grand'Mère* est une de ces pièces
incomparables, dont je doute que le poète ait eu lui-
même la conscience, et qui n'a de modèle en aucune
langue.

Dans ses chansons politiques, Béranger n'est que
l'écho des passions de son temps : il grandit avec
l'opposition libérale ; il monte avec les souvenirs,
avec les conspirations bonapartistes.

Que fait-il en 1810 et 1811, quand le despotisme
impérial, parvenu à son apogée, a fait taire la Révolution ? Chante-t-il la Liberté et la République? Non :
il est tout entier à Comus, Bacchus, Vénus ; il atten-
dra les Bourbons et la Charte.

Que fait-il encore, de 1812 à 1815, quand la
France est écrasée sous les désastres, et que les ar-
mées étrangères ont établi leur quartier général à
Paris ? Il chante des gaudrioles, le *Roi d'Yvetot*, le
Sénateur, *Roger Bontemps*, les *Gueux*, la *Grande
Orgie*, etc., etc. Ce ne sont pas *les Gaulois et les
Francs*, ni le *Bon Français*, ni la *Requête des Chiens
de qualité*, ni l'*Opinion de ces demoiselles*, qui peuvent
racheter cet étrange oubli de poète patriote. Certes,
on n'était pas trop malheureux en France, on riait,
on chantait, on dansait, on s'amusait, durant ces af-
freuses invasions, s'il faut s'en rapporter au répertoire
de Béranger. Ce n'est que plus tard, au retentisse-
ment de la tribune, à la voix des députés libéraux, de
Manuel, de Benjamin Constant, de Foy, quand
l'ennemi a évacué la France, que le rouge monte au

visage du poète et qu'il prend son élan. Le *Marquis de Carabas*, *Mon âme*, sont de 1816 ; la *Vivandière* et *Champ d'asile*, deux chants épiques, de 1817 et 1818. De ce jour nous possédons Béranger : il ne s'arrêtera plus. Après 1830, retiré de la politique, mais toujours fidèle au mouvement des idées, il deviendra encore le prophète du socialisme.

Dans cette longue suite de petits poèmes, au nombre de plus de trois cents, et qui, placés bout à bout, formeraient une espèce d'épopée, Béranger montre-t-il une intelligence véritable du mouvement historique, des passions de son époque, du droit et de l'avenir de la Révolution ?

Il n'en est rien. Béranger a si peu le secret des choses, que c'est précisément à son ignorance qu'il a dû son succès. Jamais homme plein des hautes pensées que pouvait suggérer à un Royer-Collard, par exemple, à un Saint-Simon, la marche des choses, ne se fût avisé de mettre ces pensées en chansons : il en aurait fait un poème épique, tout au moins des tragédies. Jusqu'à trente ans, Béranger avait été rimeur aussi malheureux qu'obstiné ; peu à peu cependant il s'était rompu au couplet ; il avait acquis, dans le genre inférieur du refrain, un vrai talent, lorsque la Restauration arriva.

En homme d'esprit et de pratique, Béranger songea donc à tirer parti de ses moyens. Son éducation était faite, et le contraste des idées et des événements avec le cadre de la chanson, la seule forme poétique dont il disposât, ne pouvait manquer de produire, pour le sublime comme pour le ridicule, des effets surprenants. Il mit en couplets, sur des airs connus, non pas l'idée qu'il n'eut jamais, mais le sentiment révolutionnaire, tel que le lui offraient les souvenirs de 93, la bataille impériale, le débat constitutionnel, et cette longue figure de l'Ancien Régime qui revenait, comme un spectre, en la personne des émigrés. La littérature française se trouva ainsi enrichie, par l'exhaussement de la chanson, d'un genre nouveau, dans lequel Béranger n'avait pas trouvé de modèle et où il restera sans égal, l'histoire et la poésie ne se répétant jamais.

Du reste, la Révolution est demeurée pour Béranger un mythe : l'empereur, une idole; les princes de Bourbon, l'ennemi. Sous tous les rapports, sa pensée est courte, défectueuse, arriérée, contradictoire. La preuve, c'est qu'il a baaucoup perdu de sa réalité ; dans trente ans, les trois quarts de ses chansons n'auront plus de valeur. Ses vingt dernières années, il les a passées à remâcher ses plus heureux refrains et à regretter ses amours ; il est mort déiste. Comme Rousseau, il fut, par la prédominance de l'élément féminin, un agitateur en qui la passion débordait la conscience; il a servi la Révolution, mais il a fait baisser le sens moral et dérouté le sens politique; s'il montre quelque virilité d'entendement, c'est dans l'architecture de ses chansons, dont chacune forme un *crescendo* continu, un tout logique et complet, parfois même comme la miniature d'un poème épique.

M. DE LAMARTINE

Jamais peut-être un homme ne se rencontra doué d'inclinations plus heureuses que M. de Lamartine. Il aime la vraie gloire et il s'y connaît ; son esprit cherche naturellement la vérité, son cœur la Justice ; les plus hautes conceptions, quand elles lui sont présentées, il les embrasse sans effort ; personne plus que lui ne désire servir et illustrer son pays ; il a la religion du devoir, le courage dans le danger, et celui, plus rare encore, de la fidélité à sa conviction, alors même que cette conviction peut le rendre impopulaire. Ajoutez une chasteté de sentiments qui rappelle Bossuet, et une puissance de verbe qui tient du prodige. Tout d'abord on l'aime, on se sent attiré vers lui ; on le prendrait volontiers pour directeur de conscience ; il semble même, à la limpidité et à l'éloquence de sa parole, que l'on pourrait se reposer sur lui du soin de penser et de raisonner, tant, dans ses écrits comme dans ses discours et dans toute sa personne, l'expression du beau apparaît comme le gage souverain de la raison. Malheureusement, ces belles qualités sont déparées, souvent même neutralisées, par un irréparable défaut : le travail intellectuel, chez M. de Lamartine, cet esprit d'analyse et de synthèse qui seul, en donnant la raison des choses, élève et entretient l'idéal, manque tout à fait ; il CONTEMPLE, il ne pénètre pas ; et

comme il arrive à tous les contemplatifs, on peut dire
que la raison en lui ne dépasse la mesure de la femme
que juste de ce qu'il faut pour qu'il ne soit pas
femme.

Ce qui ressort de la vie et des écrits de M. de Lamartine, c'est qu'il n'a pas l'intelligence de son
époque et de son pays ; il ignore d'où nous venons et
où nous allons ; trop instruit pour se payer d'utopies,
trop faible de génie pour percer les ténèbres qui l'enveloppent, cherchant le courant providentiel autant
que peut le révéler à une âme de poète le tourbillon
des événements, il ne sait jamais quelle route choisir,
quelle conduite tenir, quel principe affirmer. De là ce
scepticisme qui malgré lui fait le fond de sa philosophie, et lui a donné dès ses débuts un caractère de
tristesse, auquel, selon moi, son caractère est étranger.

J'emprunte les détails qui suivent à l'*Histoire de la
Révolution de* 1848 par Daniel STERN, l'une des plus
ferventes admiratrices de M. de Lamartine.

Né à Mâcon, en 1790, d'une famille noble, M. de
Lamartine fit ses études avec une rare distinction au
collège de Belley, entra en 1814 dans la maison militaire de Louis XVIII, publia ses *Méditations* en 1820,
et suivit jusqu'en 1830 la carrière diplomatique.

Par sa naissance, son éducation, ses sentiments de
famille, son inclination personnelle, M. de Lamartine
est royaliste, de plus chrétien. Quel bonheur pour
lui, s'il était né au siècle de Bossuet, alors que rien n'é-
tait venu ébranler dans la nation la foi monarchique

et religieuse ! Sa poésie eût éclairé le monde, et sa · gloire, aussi pure que sa pensée, eût duré plus qu'elle.

Après la Révolution de juillet, M. de Lamartine se tient à l'écart ; il contemple cette Révolution qui était venue donner le démenti à sa muse et déranger sa fortune politique. Puis, croyant reconnaître le doigt de Dieu dans le fait accompli, il publie une brochure où il *explique et légitime, aux yeux de la raison et de la foi*, l'avènement de la dynastie d'Orléans. Il ne se vend ni se donne ; son désintéressement est un sûr garant de sa loyauté. Comme je le disais tout à l'heure, il cherche le courant providentiel, et opère, en tout bien et tout honneur, sa transition.

Elu en 1833 député de Berghes (Nord), pendant qu'il était à Jérusalem, il s'assied au banc des *conservateurs*, appuie la loi *contre les associations*, soutient la *prérogative royale*, puis vote contre la loi de *dotation* et les *fortifications*.

Autant qu'il est en lui, M. de Lamartine, rallié à la dynastie nouvelle, reste fidèle au principe monarchique ; mais il n'en est pas le flatteur, sa conduite le prouve. Tout cela, cependant, est-il bien logique ? Etait-il possible d'abstraire à ce point les personnes des principes, que M. de Lamartine pût se croire dans la sincérité de sa foi parce qu'il suivait, du côté où le vent la faisait tomber, la couronne ? Qui empêche aujourd'hui que M. de Lamartine, après s'être rallié à la dynastie des Orléans, ne se rallie de nouveau à la dynastie des Bonaparte ?

En 1842, le tempérament de M. de Lamartine se décèle tout à fait : il vote la régence de la princesse Hélène, soutenant, par toutes sortes de considérations, qu'en fait de régence la main d'une femme est préférable à celle d'un homme. Pourquoi pas, aussi bien, en fait de royauté ?... Le 27 janvier 1843, il vote contre l'adresse et passe à l'opposition, convaincu, dit-il, que le gouvernement *s'égare* et *s'éloigne de son principe.* De quel principe parlait alors M. de Lamartine ? De la Révolution, sans doute. Mais alors pourquoi n'avait-il pas des premiers applaudi à la chute des Bourbons ? Pourquoi ensuite, devenu député, n'était-il pas entré de plain-pied dans les rangs de l'opposition, au lieu de ce stage de dix ans parmi les conservateurs ?

Ainsi, tandis que la Révolution de juillet s'écarte de son principe, M. de Lamartine s'écarte du sien, ce qui fait dire à M. de Humboldt : *Lamartine est une comète dont on n'a pas encore calculé l'orbite.*

Les mots *la France s'ennuie, Révolution du mépris, Il suffit d'une borne,* etc., sont de ce temps. Lui qui dans son *Cours familier de littérature* nie dédaigneusement le progrès, il s'indignait en 1843 que les conservateurs dont il se séparait résistassent au mouvement, dont lui-même ne pouvait déterminer la direction ni prévoir l'issue !

En 1846, il publie son *Histoire des Girondins.* De l'opposition dynastique il avait glissé dans la république de l'idéal ; par une dernière évolution, le hui-

tième volume de son Histoire n'était pas sous presse
que de la République idéaliste il tombait dans le jacobi-
nisme ; l'ancien volontaire de la légitimité se raccro-
chait à la queue de Robespierre.

En 1847, au banquet de Mâcon, il s'associe à l'agi-
tation qui allait renverser le trône, et, suivant toujours
le courant providentiel, il soutient en février 1848 le
droit de réunion, contre lequel il avait voté, au moins im-
plicitement, en 1833. Je voudrais savoir, à cette heure,
ce que pensent de ce fameux droit de réunion les agita-
teurs de 1847, et M. de Lamartine tout le premier !...

C'en est fait : M. de Lamartine est dans le courant ;
il ne doute plus ni de lui-même ni du ciel, il avance
toujours. Le 21 février il déclare qu'il ira au banquet
quand même, et dût-il s'y trouver seul ; il accepterait,
dit-il, la honte d'une reculade pour lui, non pour la
France.

Le branle est donné ; la monarchie chancelle et
tombe. Pourquoi, le 24 février, M. de Lamartine ne
se souvient-il plus de la princesse Hélène, dont il avait
si éloquemment défendu la cause en 1842, et qui était
là, son enfant dans ses bras, appelant son orateur des
yeux et du cœur ? Il y pensait, je le veux croire, aussi
bien que M. Garnier-Pagès ; mais le peuple envahit
l'assemblée, le courant se prononce contre la régence,
en place de laquelle M. de Lamartine, interprète de la
volonté du peuple et des desseins de Dieu, propose un
Gouvernement provisoire.

Ce n'est pas assez, on demande la *République*. —

M. de Lamartine hésite : il dit que PERSONNELLEMENT il est pour elle, mais qu'il *réserve les droits* de la nation. Le contraire eût été plus vrai, surtout plus digne. Personnellement M. de Lamartine est royaliste, et dans la circonstance il ne réservait rien, il lâchait tout.

Le 25, grand combat de M. de Lamartine contre le drapeau rouge : les rouges sont confondus ; toutefois M. de Lamartine accorde à Louis Blanc la *rosette rouge*.

Le courant devenant toujours plus furieux, M. de Lamartine crée la garde mobile, pour rassurer les honnêtes gens : on en verra les œuvres quatre mois plus tard. Il repousse le droit au travail, puis il signe le décret qui le garantit.

Dans son manifeste du 6 mars il nie les traités de 1815 *quant au droit*, mais les admet *quant au fait*, juste ce qu'avait dit M. Guizot, et conclut par ce mot magique, LA PAIX : ce qui ne l'empêche pas, quinze jours après, de demander 215.000 hommes pour *observer* le Rhin, les Alpes et les Pyrénées. C'est alors qu'il proclame le grand principe politique : *La bonne foi*.

Après la journée du 17 mars, Lamartine voit sa popularité décliner, celle de Ledru-Rollin grandir. Aussitôt il cherche à se rapprocher de celui-ci ; il tâte le terrain, voit Blanqui le 15 avril, et le lendemain se jette dans les bras de Changarnier. Le cri du 17 mars, le cri du peuple, avait été : Vive Ledru-Rollin ! Le cri du 16 avril, cri de la bourgeoisie, fut : *Vive Lamartine, à bas les communistes !...*

Je ne pousserai pas plus loin ces rapprochements, dont les harangues et écrits de M. de Lamartine fourniraient vingt pages. J'en ai dit assez pour faire comprendre au lecteur qu'un semblable zigzag d'opinions, chez un homme que son caractère, met à l'abri de tout soupçon injurieux, procède d'autre cause que de légèreté et de mauvaise foi : c'est l'entendement qui ne fonctionne pas, qui, ne produisant pas de germes, laisse l'homme sans résolution, sans conseil, sans critère. C'est M. de Lamartine qui, par sa guerre ridicule au drapeau rouge et aux communistes, a déchaîné la terreur bourgeoise ; c'est lui qui, par le trouble de son esprit et l'inconsistance de son caractère, a commencé la dissolution de la République ; c'est lui enfin qui a donné le signal de la réaction, et qui, tombé du pouvoir, l'a le mieux servie. Mieux eût valu une vraie femme. Esprit malade sous une apparence de sérénité ; enfant sublime, dont la malfaisance égale l'innocence, M. de Lamartine est une de ces natures que les partis doivent se renvoyer l'un à l'autre, comme des mèches incendiaires, si mieux ils n'aiment les exclure d'un commun accord du forum et de la politique.

Je ne m'étendrai pas longuement sur l'écrivain : d'avance nous l'avons jugé. Si le moral de la Révolution commence à baisser en Rousseau ; s'il est plus bas encore en Béranger, il tombe tout à fait en Lamartine. Or, sans cet élément moral qui fait l'âme de toute littérature, le poëte, l'écrivain, quel qu'il soit, est comme un banquier sans argent ; son papier est de nulle valeur, et toute sa circulation aboutit à la banqueroute.

Les *Méditations poétiques*, œuvre capitale de M. de Lamartine, sont une lamentation sur la fin de l'âge religieux et monarchique, un poème purement négatif. Par ce côté funéraire, ce poème se rattache à la Révolution ; aussi le succès fut grand et mérité. Mais déjà l'on pouvait prédire que le poëte, s'il restait fidèle à lui-même, n'irait pas loin : l'*oraison funèbre* de l'ancien monde chantée, M. de Lamartine ne pouvait être dans le nouveau qu'un poëte de scepticisme, ce qui veut dire un écrivain hors du droit, hors de la morale, une non-valeur littéraire. Pour qu'il devînt autre chose, il eût fallu qu'il devînt lui-même un homme nouveau : or, nul poëte d'un ordre élevé ne saurait être double, incarner en sa personne deux époques, deux principes. Le vrai poëte est l'homme d'une idée, *homo unius libri.*

Les *Harmonies* sont une reprise malheureuse des *Méditations ;* versification lâche, incorrecte, pensée nulle. En poésie on ne se répète pas, *bis repetita non placent.*

Le *Voyage en Orient*, essai de variations sur le thème de l'*Itinéraire* de Chateaubriand : un écrivain ne fait pas de ces choses, bien qu'il ait parfaitement le droit de les faire.

Dans *Jocelyn*, poème de six mille vers, et qu'il eût

fallu réduire à cinq cents, M. de Lamartine a voulu représenter un amour idéal contenu par la religion. C'est le *Vicaire savoyard* corrigé et refait ; mais telle est la faiblesse du jugement en M. de Lamartine, qu'il ne s'aperçoit pas que son héros, qu'il a voulu faire vertueux et chaste, fait autant honte à l'amour qu'à la religion et à la vertu. Puisque Jocelyn s'est fait prêtre par un acte d'héroïsme, la foi, la Justice, la poésie, le cœur humain, le plus simple bon sens n'admettent plus qu'après ce sacrifice la perte de son amour lui pèse quelque chose, que sa Laurence ose l'accuser et qu'elle se jette par désespoir amoureux dans le désordre. Celui qui renonce à sa maîtresse pour sauver sa religion, sa patrie, moins que cela, pour donner l'extrême onction à son évêque, n'a plus de larmes à répandre ; le devoir accompli prend la place de l'amour, devient amour lui-même. Et celle qui a perdu de la sorte son amant doit se dire qu'elle a gagné un héros, elle est heureuse. Le Jocelyn, en un mot, n'a pas le sens moral : cette simple observation, qui certes est loin de la pensée de M. de Lamartine, fait de son poème une œuvre scandaleuse et met à néant ses six mille vers.

Je n'ai pas lu la *Chute d'un Ange*, qu'on m'a dit être fort inférieure encore à *Jocelyn*. Serait-ce une variante du poème d'*Eloa*, de M. Alfred de Vigny, comme le *Voyage en Orient* est une réédition de l'*Itinéraire*, comme *Jocelyn* est une résurrection du *Vicaire savoyard* ?

Les *Histoires* de M. de Lamartine, fatigantes par la pompe continue du style, sont pour le reste au-dessous de la critique. Son *Conseiller du peuple*, œuvre de réaction, mériterait de ma part de rudes représailles ; je me contente d'un mot. Après s'être laissé descendre, avec le courant providentiel, jusqu'à la République sociale, il a remonté, sous la même influence, vers la contre-révolution ; que le vent tourne de nouveau, il reviendra des premiers : ce sera toujours le même homme. N'a-t-il pas déjà distingué entre le *bon socialisme* et le *mauvais socialisme* ?

Dans *Raphaël*, M. de Lamartine a voulu réagir contre l'impudicité croissante des romans en vogue par la peinture d'un amour immaculé. Peut-être aussi, à l'exemple de Benjamin Constant, s'est-il proposé de consigner, dans une fiction plus ou moins personnelle, quelque souvenir de sa vie intime ; ce que je regretterais, je l'avoue. Quoi qu'il en soit, l'idée de rétablir la moralité dans le roman par une purification de l'amour était excellente, digne du cœur de M. de Lamartine. Mais ici encore il est retombé, par l'irréflexion de sa pensée, dans le défaut de *Jocelyn*, à tel point que *Raphaël*, qui par la forme touche au mysticisme, est, quant au fond, ce que j'ai lu jamais de plus obscène.

Comme on n'accuse pas à la légère un homme tel que M. de Lamartine, posons quelques principes.

Parmi tous les amoureux et amoureuses du roman et du théâtre, il en est fort peu dont j'approuve la pas-

sion, et qui par conséquent m'intéressent ; pourquoi ?
C'est qu'il est rare que le devoir ne soit sacrifié à l'amour, qui dès lors devient ignoble, antipoétique, et,
s'il est malheureux, indigne d'être plaint.

Dans le *Cid* de Corneille, Rodrigue et Chimène
m'intéressent au plus haut degré : ils sont beaux tous
deux ; ils me passionnent ; leur amour est légitime,
et parce qu'il est légitime, son infortune excite ma
pitié. Le sacrifice que le jeune homme et la jeune fille
en font au devoir est tout ce qu'il y a de plus idéal et
en même temps de plus tragique.

Dans *Polyeucte*, dans *Zaïre*, les conditions sont les
mêmes que dans le *Cid* ; et telle est la puissance du
beau moral sur l'imagination, que nous n'apercevons
plus les taches qui déparent ces tragédies : elles nous
émeuvent profondément, et malgré notre pitié, nous
sommes satisfaits.

C'est autre chose de la Camille des *Horaces*, et de
l'Hippolyte de *Phèdre*.

Meurtrier de sa sœur, Horace, coupable tout au
plus devant le tribunal domestique, est innocent devant
le peuple. Il pouvait supporter les regrets de Camille ;
il doit punir ses imprécations. Cette fille, en qui l'amour parle plus haut que le patriotisme, n'est plus
Romaine ; elle est indigne de son père et de ses frères ;
elle fait tache dans sa famille, il faut qu'elle meure.

Qu'Hippolyte aimât quelque part, en chevalier ou
en prince, je ne l'en eusse pas plus blâmé que n'eût
fait Thésée. Mais comment supporter ce jeune homme

condamnant, par une amourette, la politique, le règne entier de son père ? On me dit que l'amour ne se commande pas : soit ; mais le devoir commande aussi, et plus haut que l'amour. Ce qu'il y a de pis est que cette désobéissance donne raison à Thésée : il a le droit de penser qu'un fils dont les sentiments sont la censure de toute sa vie, qui le brave et tend la main à l'ennemi, a bien pu former encore des projets sur Phèdre.

Je suis sans sympathie pour Françoise de Rimini et son cousin, que Dante, amoureux mystique, a trop ménagés. Que me fait cet adultère produit par le désœuvrement du corps et de l'esprit, la lecture des romans et le chatouillement de la volupté ? N'est-ce pas la pire espèce d'adultère, partant la moins intéressante ?

Lucie de Lammermoor me ravit : fiancée, fidèle alors même qu'elle accepte un autre époux, elle reste dans la Justice. Le coupable est le frère qui la trompe, et qui, en la sacrifiant à son ambition, immole le devoir et le droit de la femme, tout ce qui fait la gloire et la félicité du genre humain.

Mais, tout en plaignant Roméo et Juliette, je les blâme et ne les pleure pas : eux aussi ont manqué au droit paternel. Comment ces deux jeunes gens s'ingèrent-ils de trancher les vieux différends de leurs familles par un mariage clandestin ? Quoi ! c'est ainsi que va finir l'antagonisme héréditaire des Montaigu et des Capulet !... Je ne suis pas de ceux qui traitent l'amour de misère, je ne suis ni guelfe ni gibelin ; mais il me semble que les deux familles avaient le droit de punir les indiscrets amants, je ne dis pas en les tuant, mais en les mettant en religion.

J'ai horreur de Paul et Virginie : je regarde cet amour, possible peut-être, mais non plausible, et où respire l'inceste, comme une profanation de l'enfance. Paul et Virginie sont, par les douze premières années de leur vie, frère et sœur ; ils ne devraient s'aimer que bien tard, et après une séparation prolongée ; et je trouverais Virginie plus pure, au dernier moment, dans les bras du matelot nu qui offre de la sauver, que morte avec le portrait de Paul sur le cœur.

La fable de M. de Lamartine se déroule entre deux personnages ; Raphaël, une espèce de Sténio ; Julie, une Lélia rectifiée, créole, esprit fort, qui s'est fait une religion à elle, mais qui se convertira à la fin, par la grâce de l'amour et pour la plus grande gloire de Dieu.

Or, de quelque style qu'ait su la couvrir l'auteur, la situation passe toute licence.

Raphaël et Julie se rencontrent aux eaux d'Aix, le premier poitrinaire, la seconde attaquée d'une maladie de cœur qui lui interdit tout rapport physique d'amour. Ils s'aiment, néanmoins, et comme bien on pense, d'autant plus qu'ils n'ont rien à espérer. Le jeune homme suit la femme à Paris, est agréé par le mari, vieillard octogénaire, qui approuve cette liaison platonique. On se voit, on s'écrit, on s'adore pendant six mois au bout desquels, forcés de se séparer, on se donne rendez-vous à Aix, et la femme meurt.

Tel est le fond sur lequel M. de Lamartine a broché 350 pages de ce style feuillu, melliflu, qui ne le quitte pas, et qui eût si fort impatienté Diderot.

Qu'est-ce, d'abord, que ce mariage ?

Jeune, belle, ardente à l'amour, mais sans bien, Julie a consenti à épouser un vieux savant, qui doit, dans quelques années, délai moral, lui laisser une jolie fortune avec laquelle elle pourra se remarier, et qui en attendant ne la gêne pas, satisfait qu'il est, dit-il, du plaisir des yeux et de la possession du cœur. En offrant sa main à la jeune fille, il avait déclaré, protesté, qu'il regrettait de n'avoir pas de *fils* à qui il pût la donner ; que, ne pouvant l'obtenir pour un fils, il voudrait l'avoir pour *fille ;* qu'en l'épousant lui-même, il n'aspirait à rien de plus qu'à des relations *paternelles*, etc.

Sur quoi j'observe que, puisqu'il ne s'agissait que de paternité, il y avait un moyen bien simple, qui ne contrariait personne et ne choquait point la nature : c'était d'adopter Julie, puis de la marier. Il est vrai qu'alors le roman n'est plus possible ; mais c'est justement ce que je reproche à M. de Lamartine et à ses pareils, et en quoi je les accuse de manquer de virilité intellectuelle ou de conception : dès qu'on les oblige à respecter, dans leurs compositions, la logique, la vérité et la morale, en un mot la raison des choses, on les condamne au silence.

Si vieux pourtant et décharné que soit un homme,
il lui reste toujours une velléité de concupiscence, et
c'est ce que M. de Lamartine avoue ingénument de
celui-ci : — « Sa tendresse se bornait à me presser
« contre son cœur, et à me baiser sur le front, en
« écartant de la main mes cheveux. » Assez comme
cela : ce mari est un vieux *drille*, qui déguise sous de
grands mots une fringale de soixante-douze ans, et se
permet, faute de mieux, les attouchements. Il suffit
que le soupçon existe pour que l'honnêteté disparaisse,
et que la prétendue paternité devienne incestueuse. Et
quoi de plus immoral que la peinture de ces amours
contraints à la réserve ou réduits à l'impuissance par
un obstacle étranger à la volonté : la décrépitude chez
le vieillard, l'anévrisme chez la femme, le vœu sacer-
dotal chez Jocelyn ?

Du mari passons à la femme. Si peu qu'on voudra,
Julie est épouse ; elle doit respecter en sa personne et
dans la personne de son époux, même non usager, la
sainteté du mariage. Or, ce respect ne consiste pas
seulement à s'abstenir de *ces viles satisfactions des sens*
que lui interdit son anévrisme, mais à se défendre de
tout amour, si épuré et désintéressé qu'il soit. M. de
Lamartine, si raffiné dans son platonisme, n'ignore
pas que le mariage est chose toute morale, dans laquelle le commerce des sens n'arrive que comme
accessoire. Ce devait être l'honneur de Julie, sa gloire,
comme c'était son devoir, de conserver l'inviolabilité
de son mariage aussi bien de cœur que de corps. Ici

encore, si l'écrivain est logique, s'il reste fidèle à son principe et à son but, le roman tombe : impossible d'aller plus loin.

Mais Julie est *créole ;* elle n'entend pas de cette oreille ; son Vénérable d'ailleurs l'y autorise. Il lui a dit : Aimez, rajeunissez, soyez heureuse à tout prix. Depuis six ans, sous prétexte de santé, elle vagabonde, cherchant un amant selon son cœur ; et comme elle va vite quand il est trouvé ! Et *Je vous aime*, et *Je vous appartiens*, et ce soir même nous coucherions ensemble, sans ce maudit anévrisme. Connaissez-vous rien de plus obscène, que ce tableau où M. de Lamartine peint les deux amants logés porte à porte, et qui, après avoir rétabli la communication, se donnent tout ce qu'ils peuvent, moins ce que vous savez, parce que la mort est au bout ? Lélia n'eût pas hésité ; elle aurait dit : Mourons !... J'aime mieux Lélia, j'aime mieux Messaline.

Pendant six semaines, M. de Lamartine nous représente ce Raphaël, que la maladie de cœur tient à distance, en adoration devant le lit de Julie et s'écriant :

« O amour ! que les lâches te craignent et que les méchants te proscrivent ! Tu es le grand-prêtre de ce monde, le révélateur de l'immortalité, le feu de l'autel ! Sans ta lueur, l'homme ne soupçonnerait pas l'infini !... »

A quoi Julie, en proie aux palpitations, réplique par cette antienne :

« Il y a un Dieu, c'est l'amour... Je l'ai vu, je l'ai senti. Ce n'est plus vous que j'aime, c'est Dieu. — Dieu ! Dieu ! Dieu ! — Dieu, c'est toi ; Dieu, c'est moi pour toi ! Raphaël, tu es mon culte de Dieu ! »

Mais il faut connaître aussi ce Raphaël, l'homme-dieu de Julie. Raphaël est un jeune homme pauvre, doué de quelques talents, pour qui sa famille s'est sacrifiée, et qui, tandis que son père, sa mère et six enfants dans l'indigence cultivent pour vivre le champ paternel, au lieu de chercher un emploi dans le monde, mange leur dernier sou en faisant l'amour. Pour se soutenir quelques mois de plus à Paris, il vend à un juif l'anneau de mariage de sa mère : il est vrai qu'il pleure beaucoup avant de se défaire de cette relique ; mais enfin il la livre, un jour qu'il avait fait une course au bois de Boulogne avec Julie. Tandis que là-bas on meurt de faim, il chante sous un hêtre, avec Julie, un dithyrambe à l'amour : Dieu ! Dieu ! Dieu !... A cet endroit du roman, je m'attendais à voir paraître un frère en blouse et gros souliers, venant souffleter le lâche et stupide Raphaël sous les yeux de son indigne maîtresse : M. de Lamartine n'a pas de ces inspirations. Si Raphaël avait eu le moindre sentiment de son devoir, après s'être réjoui ou désolé, je laisse la chose à la discrétion du romancier, pendant quinze jours, de cette aventure d'auberge, il serait retourné à ses affaires, comme eût fait le plus humble commis voyageur ; mais nous n'eussions toujours pas eu de roman, et il existerait de M. de Lamartine un chef-d'œuvre de moins. Tout se passe donc sans esclandre, et l'aventure finit comme elle a commencé, à la satisfaction du lecteur et de l'écrivain. L'étudiant et la petite pensionnaire qui liront cette nouvelle ne manqueront pas de dire : L'amour est trois fois saint, Raphaël est un grand cœur, et M. de Lamartine un grand génie.

Je voudrais poursuivre cette revue, qui m'intéresse au plus haut point ; mais l'espace me manque, et mon sujet m'appelle ailleurs. Posons seulement des conclusions.

Toutes les fois que dans une littérature le génie, distrait par d'autres travaux, vient à se retirer, et que l'élément féminin prend le dessus, alors paraissent les écrivains de second ordre, écrivains de vulgarisation et de propagande, dont la mission, s'ils savent y rester fidèles, est de porter juqu'aux dernières couches de la société la révélation du juste et du beau ; mais qui, doués de plus de passion que d'invention, affectant plus de sensibilité que de profondeur, trouvant à la santé moins de charme qu'à la morbidesse, préparent la dissolution littéraire par l'hypertrophie du style, et marquent le point où commence la décadence des peuples.

Deux traits principaux les distinguent : l'impuissance où ils sont d'appliquer leur talent à des œuvres originales ; le penchant aux sujets érotiques.

Tout écrivain aspire naturellement à prendre une initiative, tout poète veut être créateur ; et comme la création littéraire ne peut être la même à toutes les époques, qu'il y a des intermittences forcées, il arrive que l'homme de lettres, dédaignant le rôle modeste de vulgarisateur, se trouve littéralement sans emploi.

N'est-ce pas un littérateur sans emploi que M. de Lamartine ? Et Victor Hugo, qui, avec une puissance de style supérieure encore, s'en va du moyen âge catholique à l'Orient mahométan quêtant des sujets pour ses vers, et ne voit pas la Révolution couchée à ses pieds, n'est-ce pas aussi un poète déshérité ? Et MM. Soumet, de Vigny, Laprade, chantres de l'autre monde, qui rêvent la chute des anges, le réveil de Psyché, le rachat de l'enfer, quand nous leur crions : *A bas le prolétariat !* pensent-ils avoir bien mérité de leur siècle et de la postérité par leurs rimes ?

Il y a plus de vie littéraire, plus de génie, dans de petites histoires de la Révolution, écrites sans faste, mais lues du peuple, comme celle de Villaumé, dans les récits plus ou moins légendaires de Marco Saint-Hilaire, dans les chansons de Pierre Dupont et les moralités de Lachambeaudie que dans toutes ces œuvres qu'une société de convention admire en bâillant et qui s'enterrent à l'Académie.

Dans cette déroute des chefs de la littérature, il est facile de prévoir ce qui peut advenir des femmes qui les suivent.

La femme est éducatrice ; elle a une mission sociale et conséquemment une part dans l'action littéraire, puisque c'est par la parole, par la poésie et l'art, que s'enseigne et se propage la morale. Mais ici encore et plus que jamais la femme a besoin d'être soutenue par la sévérité du génie viril : elle est perdue si, au lieu de trouver chez l'homme un guide puissant par la raison, elle ne rencontre qu'un auxiliaire de ses faiblesses, un agent provocateur de son penchant à l'amour. Elle semblera d'abord une héroïne, parce que, l'homme s'efféminant, elle deviendra son égale ; peu à peu, l'érotisme subjuguant tout à fait sa pensée, elle tombera dans une espèce de nymphomanie littéraire, et tandis qu'elle rêve d'émancipation, d'égalité des sexes, de parfait amour, elle ira se perdre dans les mystères de Cotytto.

MADAME ROLAND

Manon Phlipon, née à Paris, fille d'un graveur ; tête romanesque, formée à l'école de Rousseau, chrétienne d'abord, puis philosophe par sentiment, républicaine par engouement, mais toujours dominée par le *sentiment* et l'idéal : à dix-sept ans elle accepte, en la personne de Roland de la Platière, un Wolmar, en attendant que le ciel lui envoie un Saint-Preux ; rédige, en collaboration avec son mari, des livres sur le commerce et les manufactures ; puis, tout à coup, devenue clubiste, femme d'Etat et cheffesse de parti, elle agite la nation plus qu'elle ne la sert, et perd la Gironde, son mari et elle-même, par son immixtion aussi malheureuse que malhabile dans la politique : voilà, en dix lignes Mme Roland.

Ce dont je la loue est d'avoir, par l'influence propre à son sexe, par le sentiment et l'idéal, contribué au développement de la Justice révolutionnaire ; elle gâta son rôle dès qu'elle eut la prétention d'employer d'autres armes, et d'agir aussi par la force de la raison.

Les mémoires qu'on lui attribue étant apocryphes, je ne puis la juger que par son parti et par un seul acte ; mais cet acte est décisif et la peint tout entière, elle et ses amis. On lui a supposé un amour secret et profond pour un Girondin : personne ne peut dire ce qui en fut. J'admets que sa vie occupée, son esprit remuant, le respect de son mari, le soin de sa réputation, la sauvèrent jusqu'à la fin des misères d'un entraînement que fille et femme elle dut réprimer : que ne fit-elle pour la vanité ce qu'elle avait si bien su faire pour l'amour ! La Gironde, en conservant le pouvoir quatre mois de plus, eût sauvé peut-être la république, tombée à sa naissance dans la mare de sang de septembre.

Mme Roland et les Girondins, c'est tout un : dire ce que fut le parti, c'est faire le portrait de la femme.

Par l'idée qu'elle représente autant que par ses talents, la Gironde a toujours eu ma sympathie ; comme caractère, je la trouve déplorable.

Mieux que les Jacobins elle avait conservé la pensée de 89, marquée par les *fédérations* ; mais elle la comprend si peu, cette pensée, elle se montre si incertaine, si chancelante, qu'on l'accuse, sous le nom de FÉDÉRALISME, avec une apparence de raison, de vouloir le démembrement de la France.

La Gironde est philosophe et se moque à juste titre des capucinades de Robespierre : et par son affectation de scepticisme elle se fait accuser encore de *corruption* ; elle ne sait pas prendre la direction de l'esprit public, se poser en défenseur de la morale et du droit, défendre son idée et tenir son drapeau.

La Gironde est révolutionnaire jusqu'à la violence : c'est elle qui décide la chute du trône ; et elle se fait accuser de *modérantisme,*

Malgré les Jacobins, elle fait déclarer la guerre à l'Autriche, ce qui était la vraie tactique : la victoire la justifie ; et elle se fait accuser de trahison.

On l'appelle le parti des *hommes d'État*, aveu forcé de la supériorité de leur politique ; et ces hommes d'État sont sans cesse occupés de querelles particulières et de personnalités. Ils s'effrayent de Marat, ils méconnaissent Danton, ils jalousent Robespierre.

D'où vient que le caractère de ce parti jure si fort avec son idée ? C'est que l'idée ne lui venait pas de son fonds ; il la suivait, mais ne la portait pas : ce qui faisait dire des Girondins en général que, s'ils savaient parler, ils ne savaient point agir, et il y eut du vrai dans ce reproche.

La Gironde, élite bourgeoise, formée de sujets à la nature élégante et artiste, inclinant par son admiration de l'antiquité, par sa littérature et son éloquence, à l'utopie, était le parti idéaliste de la Révolution, l'élément féminin, par conséquent,

Robespierre et les Jacobins, bien autrement bavards, étaient-ils donc plus hommes d'action, plus forts sur les principes, plus loin du despotisme et des formes de l'ancien régime que la Gironde ? Tout au contraire : c'est le parti de la médiocrité envieuse, de la contre-façon monarchique, de la roideur sans puissance, du dogmatisme sans portée. Si les Girondins sont les *femmelins* de la Révolution, Robespierre et ses hommes en sont les castrats. La République de 1848, qui reprit cette tradition, devait en fournir une triste preuve.

Mais les Jacobins affectaient de se tenir plus près du peuple ; s'identifiant avec la Montagne, affichant des mœurs austères, montrant des figures rechignées et des barbes incultes, ils furent, dans l'opinion, les justiciers de la Révolution, l'élément mâle. Leur triomphe momentané était certain.

Quelle merveille qu'avec leur tempérament les Girondins eussent leur Égérie, une héroïne belle, éloquente, passionnée ? Cela devait être, et cela fut. Les montagnards de 93 n'eurent-ils pas aussi leur Théroigne de Méricourt, comme ceux de 48 leur George Sand ?... La gloire et l'infortune de Mme Roland étaient dans la logique des circonstances ; c'était la reine prédestinée du parti qui d'une main renversait la royauté, de l'autre menaçait Marat et les septembriseurs.

Le fait qui signala l'influence de Mme Roland est la *lettre au roi*, du 10 juin 1792, qu'elle rédigea pour son mari.

Tous les historiens ont remarqué le ton impérieux et blessant, l'énergie déplacée, malhabile, de cette épître. Une femme ne pouvait plus mal faire. Pour comprendre tout ce qu'il y a de puéril dans cette œuvre, il faut la rapprocher des fameux messages de la Constituante, inspirés, dictés ou rédigés par Mirabeau et Sieyès. Ici, le respect le plus profond et le plus vrai, joint à une fermeté qui évite de paraître dans le style, et qui, n'existant que dans les choses, triomphe d'autant plus sûrement ; là une vivacité toute de forme, qui laisse voir que la Gironde n'est plus maîtresse de la situation et que les événements lui échappent. Aussi la royauté, comme un fier coursier, obéit à la main de la Constituante ; elle fait sauter la Gironde.

Jamais l'intervention d'une femme ne fut plus funeste : la chute de la Gironde date de ce jour. Avec les rois, il faut parler le langage de la Constituante ou garder le silence de la Convention ; et je me figure que, si la Législative avait été appelée à discuter en séance publique la lettre de Mme Roland, elle l'eût sévèrement blâmée, tant pour le fond que pour la forme.

A partir de ce moment, l'influence de Mme Roland se renferme dans son salon. Elle mourut avec courage, mais non sans faste. Jusqu'à l'échafaud elle ne peut s'empêcher de déclamer : *O liberté ! que de crimes commis en ton nom !* Bien supérieure, à cet instant suprême, m'apparaît l'infortunée Marie-Antoinette, montant à l'échafaud sans prononcer une parole, sans verser une larme, avec ses vêtements blancs de veuve, presque aussi belle que la Lucile de Camille Desmoulins. Marie-Antoinette n'a pas fait moins de mal à la royauté que Mme Roland à son parti ; elle eut du moins son excuse dans la nullité de son époux. Il est possible, l'accusation est loin d'être prouvée, que Marie-Antoinette, si mal mariée, ait été légère ; du moins elle reste femme, et cette femme est plus sublime en face de la guillotine que le demi-homme appelé Mme Roland. La pécheresse l'emporte ici sur la stoïcienne : pourquoi ? parce qu'un mot, une heure lui ont suffi pour reconquérir sa dignité de femme, et que l'autre, par sa virilité affectée, a perdu la sienne.

On peut dire que Mme Roland eut son continuateur, son vengeur, en Charlotte CORDAY. L'une de ces femmes complète l'autre : c'est la même roideur de caractère, la même soif de renommée et de pouvoir, le même mépris du parti opposé ; du reste, la même bravoure devant la mort. Seulement, tandis que l'*émancipation* de la première n'avait pas dépassé le for intérieur, la seconde se donne liberté complète.

Charlotte Corday d'Armans, comme elle se nommait, sorte de gentillâtre, aventurière, repue de romans, fainéante, menteuse, archicatin, aspirant, comme Mme Roland et à son exemple, à jouer un rôle politique, et sachant à merveille, dans ce but, trafiquer de son pucelage : telle fut l'assassin de Marat. A Caen, où elle vit les Girondins, elle eut des relations intimes avec Barbaroux, on dit même avec le grave Péthion. Thibaudeau et Doulcet de Pontécoulant, bien instruits de ces détails, l'affirmèrent toujours. M. Villaumé qui a recueilli leur témoignage, et étudié à fond cette affaire, est présent pour en déposer. L'émancipation de Charlotte Corday datait de loin ; elle en avait tiré hardiment, et de bonne heure, les conséquences. Du reste pas d'amour en cette créature. Dupe des illusions girondines, elle se figurait, nouvelle Judith, que, Marat mort, une réaction de Paris contre la Montagne était inévitable, et sur ce beau calcul elle avait fondé l'espoir de sa fortune. Ni les Girondins, ni à plus forte raison une Charlotte Corday, ne pouvaient comprendre que, la Révolution étant emportée par un courant irrésistible, la prudence commandait de le suivre, jusqu'au moment où de lui-même il s'arrêterait. Ici encore éclate la supériorité de conduite des hommes de la Plaine sur les emportés de la Gironde.

La Plaine, personnifiée en Sieyès, vote la mort du roi *sans phrases* ; envoie, au gré des événements, au tribunal révolutionnaire, Girondins, Hébertistes et Dantonistes, se lavant les mains des condamnations qui peuvent s'ensuivre ; vote en trois jours la Constitution de 93, salue la déesse de la Liberté, assiste à la fête de l'Être suprême, puis, éclatant de rire au rapport de Barère sur le messie de Catherine Théot, d'une chiquenaude met Robespierre et les Jacobins à bas. Tout cela n'est pas fort héroïque, sans doute ; mais le tapage girondin, mais les épurations jacobines, mais les processions maratistes, était-ce donc de l'héroïsme ? Entre partis qui luttent pour le pouvoir, le plus fort n'est-il pas celui qui sait le mieux se contenir et faire servir à ses desseins l'ineptie de ses compétiteurs ? Il y avait aussi des hommes courageux dans la Plaine : Féraud et Boissy d'Anglas le prouvèrent. Mais ils savaient, ce que la Gironde et Mme Roland, les Jacobins et leurs tricoteuses, ne comprirent jamais, qu'en Révolution il y a des frénésies populaires qu'il faut laisser se calmer quand on ne peut plus les retenir ; qu'on n'en finit pas avec l'anarchie et le despotisme par l'assassinat ; que ce ne sont pas les hommes qui font les partis, mais les partis qui font les hommes, et qu'entre deux folies furieuses qui agitent une nation il n'y a d'autre initiative à prendre que celle de la réserve et du silence. Marat assassiné, Hébert devint le chef du mouvement sans-culotte ; ce fut tout le fruit du crime de Charlotte Corday.

MADAME DE STAËL

En 1839, je demandai à M. Droz, de l'Académie française, son opinion sur Mme de Staël, lui avouant ingénument qu'ayant commencé, sur la foi de la renommée, la lecture des *Considérations sur la Révolution française* et de l'*Allemagne*, il m'avait été impossible de vaincre mon ennui et d'achever mon entreprise.

M. Droz se mit à rire, et me dit : « Je suis, avec mon ami Andrieux, l'un des littérateurs de l'époque qui ont le plus fait pour la réputation de Mme de Staël. Elle n'eut jamais de plus ardents, de plus sincères enthousiastes. Or, voici ce qui nous arriva. Quinze ou vingt ans après la vogue de cette femme, je m'avisai de relire les œuvres qui d'abord m'avaient causé tant de plaisir, et je fus, comme vous, saisi d'un insurmontable dégoût. Je fis part de mon impression à Andrieux, qui m'en avoua tout autant. Nous rîmes fort de notre mésaventure, mais nous ne nous en vanterons pas. Laissons en paix Mme de Staël. »

C'est ainsi, pour le dire, en passant, que se font les célébrités féminines et qu'elles se soutiennent. Les premiers qui, jeunes, y mirent la main, parvenus à la maturité n'osent plus se déjuger ; et il reste établi, parmi les adolescents et les femmes, qu'une Staël balance un Napoléon.

Qu'une femme entourée de tous les avantages de la fortune et du rang, ayant reçu une éducation hors ligne, vivant au milieu des hommes les plus considérables par la science et le génie, puisse, à une époque de décadence, ou, si l'on veut, de vulgarisation littéraire, publier, sous forme de considérations, de roman ou d'essai, le résumé de ses lectures, conversations, correspondances et impressions, cela peut avoir son utilité et mériter à l'auteur de justes éloges. La nature, qui a fait l'esprit de la femme d'une autre trempe que celui de l'homme, n'a pas entendu que cet esprit demeurât sans manifestation et sans influence. A qui le nierait, je ferais observer, que la femme parle, et généralement, avec plus de grâce et de facilité que l'homme : elle doit donc avoir à dire quelque chose. Qu'elle parle donc, qu'elle écrive même, je l'y autorise et l'y invite ; mais qu'elle le fasse selon la mesure et l'essence de son intelligence féminine, puisque c'est à cette condition qu'elle peut nous servir et nous plaire : sinon je la rappelle à l'ordre et lui interdis la parole.

Le défaut de presque toutes les femmes auteurs est qu'elles veulent être hommes, et que, ne pouvant le devenir, pas plus par l'intelligence que par le sexe, elles retombent au-dessous de la femme. A propos de la Révolution, Mme de Staël pouvait faire une chose aussi utile qu'agréable, c'était de recueillir des matériaux et des anecdotes : elle a voulu faire des *Considérations*, comme un homme d'État, et elle ne nous a rien appris du tout. Quand les hommes, étourdis par les événements, passaient à l'ennemi, comme de Maistre et Chateaubriand, ou battaient en retraite, comme Laharpe et Royer-Collard, que pouvait avoir à dire la fille de Suzanne Curchod ?

Je pourrais m'en tenir au témoignage de M. Droz : j'ai voulu pourtant, dans ces dernières années, et pour l'acquit de ma conscience, me faire une idée plus exacte de la dame ; et comme c'est dans leurs œuvres *intimes* qu'il faut juger les femmes, j'ai lu *Corinne*, le chef-d'œuvre de Mme de Staël.

Corinne, bien entendu, est Mme de Staël elle-même, poète, peintre, improvisatrice, cantatrice, danseuse, joueuse de harpe, comédienne et tragédienne, par-dessus tout précepteur et pédante, l'ancienne profession de la mère de Mme de Staël, Suzanne Curchod.

La thèse, en forme de roman, développée par Mme de Staël, peut se réduire à cette question : *Si un génie comme celui de Corinne* (Mme *de Staël*) *peut se contenter de l'existence vulgaire qu'offre le ménage aux épouses et aux mères, et si par conséquent la société n'est pas injuste envers la femme ?*

A quoi je réponds, le roman de Corinne à la main, que ce prétendu génie n'existe pas ; que les pièces fournies à l'appui démontrent précisément son absence ; que même les talents d'acquisition exhibés par l'auteur font tort à son esprit naturel autant qu'à sa dignité de femme ; en sorte que, si l'on devait conclure de l'exemple de Corinne à l'universalité du sexe, il vaudrait mieux. pour celui-ci, rester dans l'ignorance que de compromettre, par un semblant de génie, avec le bon sens et la grâce qui le distinguent, le bonheur de sa vie et le repos de la nôtre.

Le roman de Corinne se compose de deux parties, que l'auteur mêle et alterne dans sa narration.

La première partie consiste en une espèce de guide ou *Vade mecum* du voyageur en Italie, comme en fourniraient sur commande tous les faiseurs d'almanachs, avec des morceaux dithyrambiques sur les grandeurs et les misères de ce pays. Çà et là quelques pensées justes sur la littérature et les arts, extraites de lectures et conversations de l'auteur, mais qui ne sortent pas du lieu commun.

La seconde partie, ou le roman proprement dit, est quelque chose d'absurde, écrit en un style inqualifiable. Si Corinne, ou lord Melvil, son amoureux, avaient un seul moment lucide, ce serait du roman : comme le *Raphaël* de M. de Lamartine, il finirait le premier jour, il finirait le second, il finirait le troisième, il finirait à chaque instant. Ajoutez que, comme dans *Raphaël,* la moralité des personnages est détestable, un manquement perpétuel à la bienséance, à la délicatesse, à la probité, à la raison, déguisé sous le plus fatigant verbiage et les sentimentalités les plus fades.

Corinne, d'abord, n'attend pas qu'on l'aime ; elle devine qu'on l'aimera et fait toutes les avances, assurant néanmoins qu'elle se tient sur la réserve : résul-

tat de cette effémination littéraire qui commence à
Rousseau, et que nous avons vue se continuer par la
Gironde. Une femme qui raisonne de tout, religion,
morale, philosophie, politique, littérature, beaux-arts,
a des privilèges que n'obtient pas une pécore. Son
talent, ce mot revient à chaque instant dans la bouche
de Corinne, la dispense de toute retenue ; elle est *naturelle.* Elle sait qu'en se faisant connaître sous son
véritable nom elle court risque de perdre lord Melvil,
à qui un devoir pieux défendrait de l'épouser ; mais
elle se garde de tenter l'épreuve, et s'efforce d'engager son pitoyable amant, en enflammant sa passion.
Puis, quand lord Melvil la quitte, elle court après lui,
assiste invisible à son mariage, et revient se désoler
en Italie.

Quant à lord Melvil, le héros du roman, un homme
selon le cœur de Mme de Staël, c'est un être sans caractère, sorte de pantin qui, après avoir longtemps
soupiré pour Corinne et lui avoir promis mariage, l'a-
bandonne en lâche, trahit sa parole et épouse ailleurs.
C'est un fait d'observation générale que les caractères
d'hommes conçus par des romancières sont au-dessous
de la virilité. Mettez à la place de lord Melvil le premier
bourgeois venu de la Cité de Londres ; dès le premier
jour il en eût fini avec la donzelle par cette proposition simple : « Pouvez-vous, ô Corinne ! renoncer à
vos triomphes et vivre comme une Anglaise, sauf à
mêler de temps en temps aux occupations domestiques votre culte des beaux-arts ? Nos femmes, que

vous dédaignez, ne sont pas tellement *ménagères* qu'elles ne s'amusent volontiers de musique, de danse et de littérature, comme de modes. Servez-leur en tout de modèle. Un vrai gentleman ne trouvera jamais, pour lui verser le thé, Vénus trop belle, Minerve trop sage, les Muses trop savantes, Junon même trop grande dame. Voulez-vous être la première *lady* d'Angleterre ?... » On s'expliquait, Corinne acceptait, tout finissait ; mais Mme de Staël perdait sa cause.

On m'a cité de Mme de Staël un autre ouvrage fort peu connu, et qui, m'assure-t-on, mériterait de l'être. Je ne le lirai pas : laissons en paix Mme de Staël.

De même que Mme Roland, Mme de Staël fut une espèce de chef de parti. L'idée qu'elle représente est la réaction au despotisme militaire ; et comme la première avait eu, dit-on, son Barbaroux, la seconde eut son Benjamin Constant. La femme n'a pas une idée dont elle ne fasse un petit amour : que ce soit sa gloire, si l'on veut, mais que ce soit aussi le signe de sa faiblesse. Qu'il en eût peu coûté à Bonaparte pour faire de cette rebelle une fanatique de son pouvoir !... Mais, par la loi de contraste qui unit les sexes, le plus homme des hommes préférera toujours la plus femme des femmes ; époux et empereur, Napoléon, qui dédaigna Mme de Staël, couronna deux fois Joséphine. Parlez donc d'égalité !

MADAME NECKER DE SAUSSURE

Avec celle-ci nous aurons le spectacle d'une sorte de réaction en famille : après la mondaine, la dévote ; mais le diable n'y perdra rien.

Mme Necker de Saussure, fille du célèbre physicien de Saussure et parente par alliance de Mme de Staël, est auteur d'un livre fort répandu, qui a pour titre *Éducation progressive ou Étude du cours de la vie*, 3 vol. in-8°. Il suffit d'ouvrir au hasard cet ouvrage pour s'apercevoir qu'on a affaire à une personne dont l'indépendance s'affiche beaucoup moins que celle de Mme de Staël, et chez qui, pour cette raison, le caractère, les idées et le style semblent plus assurés. Défiez-vous cependant de cet air de componction ; Mme Necker n'est pas tellement résignée à la loi de subordination qu'elle enseigne aux jeunes filles et que sa religion lui impose, que je voulusse recommander son livre aux institutions, et cela dans l'intérêt même du sexe. La pédagogie de cette prêcheuse, inspirée du temple, est dépourvue d'aménité ; on dirait la Julie de Rousseau devenue ictérique, et qui, après avoir caressé l'amour et l'homme, est saisie tout à coup des deux sentiments les plus haïssables chez la femme, l'aversion de son sexe, et une jalousie démesurée du nôtre. Ah ! plutôt que ces piétistes à figure de parchemin, vivent les Madeleine et les Aglaé ! Celles-ci du moins nous font sentir la femme ; la vertu des autres n'est bonne qu'à figurer sur des croix sépulcrales. Tandis que Mme Necker disserte, étale sa discipline et sa savantise, elle oublie de montrer ce qui plaît le plus dans la femme, la seule chose qu'elle puisse donner et que nous lui demandions, cette physionomie ravissante que prend dans son esprit la pensée de l'homme. Qu'on trouve dans son ouvrage quelques observations de détail qui ont leur prix, je l'accorde ; au total, je préfère à ce méthodisme décharné la bonne Mme Le Prince de Beaumont et son *Magasin des Enfants*.

Je ne m'arrêterai point à examiner l'ordre d'idées dans lequel se meut Mme Necker : sa pensée ne lui appartient pas. Chrétienne et *réformée*, elle part du dogme de la chute, rétrogradant ainsi de Rousseau, qui du moins affirmait la Justice native et immanente, à saint Paul, le théologien de la grâce : c'est assez dire. Mme Necker n'a pas de système, pas d'idée synthétique et mère ; le titre de son livre, *Education progressive*, sans portée philosophique, aussi ambitieux que mal justifié, n'a pas même de sens : cela pourrait s'appeler aussi bien *Ange conducteur dans les voies du salut*, à la manière des ouvrages de dévotion catholiques, si la foi calviniste ne répugnait à la modestie et à la simplicité.

Puis donc que nous ne pouvons juger cet écrivain que sur des aperçus de détail, et qu'après tout la puissance de l'esprit, quand elle existe, se montre aussi bien dans les petites choses que dans les grandes, contentons-nous de quelques citations, qui serviront autant que mille.

Le tome troisième de l'*Éducation progressive* est exclusivement consacré aux femmes : c'est la partie de son sujet que l'auteur devait le mieux connaître. J'ai cité les passages dans lesquels Mme Necker avoue, d'un air si contraint, si piteux, l'infériorité de l'intelligence chez la femme, sans se douter un moment que cette infériorité puisse avoir sa raison dans la destinée sociale ; je continue.

« Une entière franchise est rare chez la femme », dit Mme Necker.

Le fait est vrai ; mais d'où vient cette rareté ? Voilà ce qu'il faut dire ; sans quoi l'observation est sans portée, et l'institutrice, qui veut corriger ce défaut dans son élève, court risque de faire fausse route. Faut-il attribuer au serpent, l'antique initiateur du sexe, cette perfidie naturelle que les philosophes et les satiriques attribuent si volontiers à la femme ? Pour moi, sauf meilleur avis, il me semble que le défaut de franchise chez la femme résulte de la qualité de son entendement. Elle procède par intuition, non par enchaînement de propositions ; et comme l'intuition ne mène pas loin, il s'ensuit que la femme est forcée de s'arrêter devant les conséquences inconnues de ses paroles : elle se méfie d'elle-même : son défaut de franchise ne prouve donc qu'une chose : sa timidité, disons même sa prudence. Mme Necker, qui, après avoir posé le principe, n'avait plus qu'à tirer la con-

séquence, le comprend si peu qu'elle attribue la du-
plicité de la femme à sa *servitude ;* de sorte qu'au lieu
d'un coupable nous en avons deux, la femme menteuse et l'homme tyran. Quelle psychologie !

« Cependant, ajoute notre institutrice, ses sentiments sont plus vifs, plus indestructibles, moins
sujets à être refroidis par les sophismes que ceux de
l'homme. »

Pourquoi cela encore ? Mme Necker, qui a vu le
fait, n'en découvre pas mieux la raison. C'est qu'un
esprit qui n'enchaîne pas ses idées est par là même
plus difficile à entraîner par la série dialectique ; d'où
résulte que la femme semble têtue, comme on l'a dit
de tout temps, obstinée, indocile, tandis que tout son
crime est de vouloir ramener cette certitude théorétique,
à laquelle son intelligence répugne, à l'évidence de
l'intuition. Pauvre femme !

Suit chez l'auteur une enfilade de lieux communs
sur le despotisme de ces méchants sujets d'hommes,
qui font, par la tyrannie de leur volonté, perdre la
franchise et la sincérité aux femmes. Voilà toute la
la philosophie de Mme Necker : mauvaise humeur,
dénigrement. L'homme est ceci, la femme est cela ;
mélange de vertus et de vices, les premières données
par le Saint-Esprit, les secondes contractées par la sug-
gestion du diable. Tandis que Mme Necker, sévère aristarque, accuse la faiblesse de la raison chez
les femmes, elle ne s'aperçoit pas qu'elle raisonne
constamment en femme, et c'est ce qui m'indispose

contre elle. De quoi se mêle-t-elle, femme, de pouvoir raisonner comme un homme? J'aimerais autant qu'elle jurât comme un charretier.

Ainsi, elle convient de l'inégalité intellectuelle des sexes. « Mais, ajoute-t-elle, cette inégalité n'est pas aussi grande qu'on croit. » — Eh! madame, si peu que rien, c'est l'infini. Il en est ici de l'intelligence comme de la justification. Pour peu que l'homme ait par lui-même d'énergie justifiante, il a la sainteté; pour peu qu'il ait de force de conception, il a la science; dans l'un et l'autre cas, il n'est pas déchu : c'est fait de votre religion. Or, la femme n'ayant de soi ni la justification, ni la conception ou le génie, serait positivement déchue, si elle n'était rachetée par son compagnon. Qu'avez-vous à répondre à cela ?

« La femme est naturellement plus religieuse que l'homme. »

Certes, oui; pensez-vous lui faire de cette religion un titre à l'égalité ?

« Les femmes aiment immensément ; elles aiment depuis l'enfance jusqu'à la vieillesse, sans désirer d'autre bonheur que celui d'aimer. Le mouvement du cœur n'est jamais suspendu chez elles. »

Pour cela encore, vous dites vrai : la femme est tout amour. Mais d'abord ne confondons pas cet amour immense, tel qu'il s'observe chez la femme *naturelle* ou émancipée, et qui n'est autre que lasciveté pure, avec ce qu'il devient sous le regard de l'homme par la transfiguration conjugale. Puis, mettez-vous d'accord avec vous-même, et reconnaissez que, si la femme est douée d'une si grande puissance d'aimer, c'est qu'elle est douée d'une médiocre capacité pour la justice, ainsi que vous le constatez ailleurs, ce que ne rachètent nullement ses dispositions religieuses.

Mme Necker ajoute :

« De cet amour immense résulte l'amitié que les hommes ont entre eux. Il est de fait que là où les femmes captives et peu développées n'exercent aucune influence, les hommes vivent solitaires ; ils ne s'aiment pas. »

Le fait peut être vrai ; mais ce n'est qu'une coïncidence, si l'on n'en montre le pourquoi. Mme Necker saurait-elle le dire ? Non : ceci rentre dans la raison des choses, à laquelle ne s'élève jamais de lui-même l'esprit de la femme.

« Du moins les femmes ne sont pas toutes mariées, et cela constitue une large exception en faveur de la liberté de la femme. »

Nous y voilà : la liberté. Comme si, mariée ou non, la destinée de la femme dans la société n'était pas toujours la même ! L'individu suit la loi du sexe, madame : demandez à Daniel Stern.

« Un fait dont on ne tient pas assez compte est la parfaite égalité intellectuelle des jeunes garçons et des jeunes filles pendant tout le temps qu'on les élève ensemble. »

Rapportez l'effet à la cause, et vous verrez que l'inégalité qui se développe après le premier âge vient de la masculinité, qui auparavant sommeillait. Mais quelle femme sait rapporter les effets à leurs causes ?

« L'engagement que prend l'épouse est spécial ; il a sa limite : *les droits de Dieu sont réservés.* »

Holà ! Après avoir reconnu la prépondérance de l'homme, *réserver les droits de Dieu,* des droits que l'on prétend antérieurs et supérieurs à ceux de l'époux, c'est *séparer ce que Dieu même a joint,* et changer le mariage en concubinage.

Après une tirade contre les *abus du pouvoir marital,* Mme Necker fait appel à l'égalité mystique en Christ. Elle est loin de se douter, la dévote institutrice, du chemin qu'on pourrait lui faire parcourir, avec cette *égalité.* Nous n'en avons déjà que trop dit ; n'en parlons plus. Constatons seulement la fatalité de la loi qui mène toutes ces émancipées : bon gré mal gré elles tombent toutes dans l'érotisme, érotisme sensuel, si avec le respect conjugal elles ont perdu la foi religieuse ; érotisme mystique, si elles sont demeurées fidèles. Les Thérèse, les Chantal, les Guyon, les Cornuau, les Krudener, émancipées de l'Eglise sont sœurs de Ninon de Lenclos, de Mmes du Chatelet, d'Epinay, de Tencin, du Deffant, de Genlis, de Geoffrin, émancipées de la philosophie. Toutes se valent, toutes sont également à craindre pour la famille et la société.

Mme Necker de Saussure est si peu amie du sexe masculin, qu'elle voudrait, pour lui faire la pièce, pouvoir ôter aux jeunes filles leurs grâces naturelles et leurs attraits. Elle ne supporte pas ce culte universel rendu à la beauté.

« Le culte de la beauté a des autels indestructibles dans le cœur des femmes. Bien plus, des hommes graves, des penseurs capables de le juger tel qu'il est, des moralistes qui devraient en diminuer l'influence, l'augmentent encore. Ils semblent fascinés à la simple idée de beauté. Et ceux qu'on croirait appelés à donner aux femmes des conseils sévères s'arrêtent retenus par la crainte de nuire à leurs charmes. »

« Et pourtant il faut être sévère... »

Ne voilà-t-il pas un grand malheur que les femmes soient belles, qu'elles ajoutent, par la parure, à leur beauté, que même elles mêlent à tout cela un peu de coquetterie ? Eh bien, madame, puisqu'il faut vous le dire, sachez-le donc : la beauté, c'est toute la femme. Otez-lui la beauté, elle n'est plus rien pour l'homme ; elle n'est rien même devant Dieu ; et votre *Éducation* soi-disant *progressive*, qui conduit la jeune fille au mépris de l'homme et de la beauté, est une éducation à reculons. Il faut refaire votre ouvrage, et prier quelque honnête homme, amoureux de la beauté, de vous assister de ses conseils.

« Les hommes, observe-t-elle avec humeur, ne s'occupent de l'éducation des femmes qu'en vue d'eux-mêmes. »

Et en vue de qui, s'il vous plaît, voulez-vous que nous nous en occupions, puisqu'il est avéré, mathématiquement démontré, reconnu par vous et par toute la chevalerie errante, que la femme jetée parmi les hommes n'est rien par elle-même, ne se soutient pas elle-même, et qu'elle n'acquiert de valeur et de signification que par le mariage ?...

Je ne pousserai pas plus loin ces citations, qui nous montrent la nature prise sur le fait, je veux dire la femme, même la mieux élevée, la plus instruite, celle que la fréquentation des hommes a de longue main fortifiée et aguerrie, dont une dévotion raisonnée a mis le cœur à l'abri des séductions de l'amour, en flagrant et perpétuel délit de contradiction, d'inconséquence, d'absence d'idée, de faux jugement, et, ce qui est pis, toujours à la recherche de compensations amoureuses en dehors de son intérieur et de ses serments.

MADAME GEORGE SAND

Jusqu'à ces dernières années, je n'avais lu de Mme Sand que quelques fragments saisis à la volée dans des feuilletons et des revues ; et sur la foi de ces fragments, j'avais conçu, je l'avoue, un vif sentiment de répulsion pour l'auteur. Des amis, dont l'opinion devait être pour moi un grand poids, m'assurèrent que mes préventions étaient injustes et faisaient tort à mon jugement. Mme Sand, me disaient-ils, est un *écrivain de génie*, et, ce qui vaut mieux, *c'est une bonne femme*. Lisez-la : vous vous devez de la connaître.

Je demandai quels étaient ses meilleurs romans ? L'un m'indiqua *Lélia* ; un autre, *Indiana* ; un troisième donnait la préférence à *Jacques* ou à *Mauprat*, on vantait le style de *Léone Léoni*, etc. C'était un mauvais signe que cette divergence d'opinions : j'en fus quitte pour voir tout. J'ai donc lu de Mme Sand *Indiana*, *Valentine*, *Lélia*, *Mauprat*, *Jacques*, *Rose et Blanche*, le *Compagnon du tour de France*, *Spiridion*, *Léone Léoni*, le *Secrétaire intime*, *Téverino* et l'*Histoire de ma vie* ; j'ai vu, à l'Odéon, *le Champy*, *Claudie*, *Maître Favilla* : si cet ensemble ne suffit pas à motiver mon opinion, je suis prêt à rétracter tout ce que je vais dire.

Le premier effet de cette lecture fut de soulever en

moi une réprobation terrible. Je n'avais pas assez
d'imprécations et d'injures contre cette femme, que
j'appelais *hypocrite, scélérate, peste de la République, fille du marquis de Sade, digne de pourrir le
reste de ses jours à Saint-Lazare*, et que je voyais
admirée, applaudie, Dieu me sauve, par les puritains
de la République.

J'avais tort cependant, sinon vis-à-vis des livres, au
moins à l'égard de l'auteur. Une étude plus attentive
m'a calmé, et je crois pouvoir d'un mot justifier
Mme Sand, à qui je demande pardon de ma colère.

Rien de ce que la raison et la morale peuvent blâmer chez elle n'est d'elle ; en revanche, tout ce
qu'elles peuvent approuver lui appartient. Puissante
par le talent et le caractère, amante de l'honnête
autant que du beau, Mme Sand, dans la modestie de son
cœur, a cherché un homme ; elle ne l'a pas trouvé.
Aucun de ceux qu'elle a hantés, aimés, n'a su la comprendre et n'était digne d'elle ; elle s'est égarée par
leur faute. Elle ne demandait, en suivant sa vocation,
qu'à rester en tout et pour tout ce que les plus désin-
téressés de ses amis l'ont trouvée toujours, une bonne
et simple femme : ses courtisans ont fait d'elle une
émancipée ; que la responsabilité leur en revienne !

Si jamais l'étincelle du génie dut briller en une
femme, ce fut certes en Mme Sand. Son éducation lui
donna tout, et malgré certain petit accès de dévotion
qu'elle accuse vers sa seizième année, et qui ne fut que
le prélude de sa vie amoureuse, on peut dire que dès

le ventre de sa mère elle fut *sans préjugés*. Élevée par une grand'mère voltairienne et un précepteur athée, à vingt ans elle possédait les langues, les sciences, les arts, la philosophie ; elle s'est mariée elle-même ; elle a fréquenté les jésuites, les religieuses, l'ancienne et la nouvelle société, les paysans et les aristocrates ; depuis 1830, elle a passé sa vie au sein du monde politique et littéraire. Aucun écrivain, de notre temps, n'amassa pareille provision de faits et d'idées, ne fut à même de voir d'aussi près tant d'hommes et de choses. Ajoutez une faculté d'expression extraordinaire, qui imite à s'y méprendre la manière des plus éloquents. C'est avec ces avantages que Mme Sand, à vingt-huit ans, mère de famille et revenue des illusions de la jeunesse, renonce à la vie de campagne et entre dans la carrière. Que va-t-elle donner au public ? Qu'est-ce qu'il y a, dans les cent ou cent cinquante volumes qu'elle a écrits, qui révèle une idée forte ? Voilà ce que nous avons à démêler, et ce qu'elle serait sûrement incapable de dire.

Dans l'*Histoire de ma vie*, allant au-devant de certains reproches que je ne relèverai point, Mme Sand accuse les *fatalités de sa naissance*. Elle se trompe. Mme Sand tient de sa grand'mère Marie Dupin, beaucoup plus que de sa mère Victoire Delaborde, et de sa trisaïeule Aurore de Kœnigsmark. Les ébullitions de sa jeunesse, de même que la mélancolie sceptique de M. de Lamartine, furent l'effet des impressions du dehors : elle est née calme, de sens rassis, point sophiste et médiocrement tendre ; docile dans son premier mouvement, d'une conception nette, et, pour le train ordinaire de la vie, d'un très bon jugement. Tout en elle, tempérament, caractère, éducation, la lucidité, et, si j'ose ainsi dire, le sang-froid de l'esprit, la prédestinait à être le contraire de ce que la firent d'impures relations. Qu'elle eût, dès le premier jour, rencontré, comme Manon Phlipon, l'homme grave et fort dont son imagination avait besoin, et George Sand, de bacchante révoltée que nous l'avons vue, eût été la réformatrice de l'amour, l'apôtre du mariage, une puissance de la Révolution.

On peut suivre dans les romans de Mme Sand le dérangement de cette âme mal équilibrée : elle est d'abord Valentine, une jeune femme placide, facilement résignée à un mariage sans idéal ; puis c'est Indiana, que l'ennui, plutôt que des griefs sérieux, pousse à un amour de tête où elle ne trouve que déception ; plus tard elle devient Lélia, la femme irritée contre l'amour par l'impuissance de la volupté. Quand et comment cette fière Lélia est tombée sous la tyrannie des sens qui d'abord l'avaient dégoûtée, jusqu'où elle est descendue dans cet abîme, elle seule pourrait le dire. Quel qu'ait été pour elle l'auteur de cette initiation, elle a le droit de le détester ; mais qu'elle n'accuse pas son sang : Mme Sand n'est point une Phèdre ni sa mère une Pasiphaé.

La fatalité qui a fait le malheur de Mme Sand est tout autre. Elle a dit je ne sais où : *Je crois qu'il n'y a que nous autres artistes d'honnêtes gens.* Là fut le piège. Artiste, Mme Sand a pris l'art pour la révélation de l'honnête et du juste, tandis qu'il n'en est que l'excitateur ; elle n'a pas vu que cette liberté artistique, qui la séduisait, n'est par elle-même qu'un pur libertinage, tout ce qu'il y a non seulement de moins moral, mais de moins idéal ; et elle s'est égarée, en prenant pour conseillers intimes des artistes, des poètes, les moins sûrs de tous les guides, les moins moralistes, pour ne pas dire les moins moraux de tous les hommes.

Nous pouvons maintenant faire le *thème* de Mme Sand, comme disent les astrologues :

Elle est femme, aussi femme que pas une fille d'Ève ;

Elle a en prédominance le goût de l'art et de la littérature ; la voilà qui, emportée par son talent, quitte son ménage et se jette à corps perdu dans le galop des artistes et des gens de lettres, vivant dans la plénitude de la liberté artistique, c'est-à-dire dans un complet arbitraire de pensée et de conscience. Bref elle devient, selon l'expression du jour, tout à fait *artiste*, au dernier siècle on aurait dit *philosophe* ou *esprit fort* ; elle n'est même plus de son sexe ; elle prend des habits d'homme et ne garde de la femme que ce qui sert à l'amour : nous savons ce qu'elle va produire. L'étude de la vie de Mmes Roland, de Staël, Necker de Saussure et de leurs pareilles nous en a instruits d'avance ; la règle est sans exception.

Par cela même qu'une femme, sous prétexte de

religion, de philosophie, d'art ou d'amour, s'éman-
cipe dans son cœur, sort de son sexe, veut s'égaler à
l'homme et jouir de ses prérogatives, il arrive qu'au
lieu de produire une œuvre philosophique, un poème,
un chef-d'œuvre d'art, seule manière de justifier son
ambition, elle est dominée par une pensée fixe qui de
ce moment ne la quitte plus, lui tient lieu de génie et
d'idées. Cette pensée est qu'en toute chose, raison,
vertu, talent, la femme vaut l'homme, et que, si elle
ne tient pas la même place dans la société, il y a violence et iniquité à son égard.

L'égalité des sexes avec ses conséquences inévitables,
liberté d'amours, condamnation du mariage, contemp-
tion de la femme, jalousie et haine secrète de l'homme,
pour couronner le système une luxure inextinguible :
telle est invariablement la philosophie de la femme
émancipée, philosophie qui se déroule avec autant de
franchise que d'éloquence dans les œuvres de
Mme Sand.

Dès son premier roman sa protestation éclate :

« Je ne sers pas le même Dieu que vous, écrit
Indiana à l'un de ses amants. Le vôtre, c'est le *Dieu
des hommes*, c'est le roi, le fondateur et l'appui de
votre race ; le mien, c'est le Dieu de l'*univers*, le
créateur, le soutien et l'espoir de *toutes les créatures*.
Le vôtre a tout fait pour vous seuls ; le mien a fait
toutes les espèces *les unes pour les autres*. Vous vous
croyez les maîtres du monde ; je crois que vous n'en
êtes que les *tyrans*... La religion que vous avez *inven-*

tée, je la repousse : toute cette morale, tous vos principes, ce sont les intérêts de votre société que vous prétendez faire émaner de Dieu même. »

Ce passage, déclamatoire et sans portée, est cependant remarquable à plus d'un titre. On y découvre d'abord ce fond noir d'*androphobie* qui forme le ciel des romans de Mme Sand ; puis, sur ce fond noir, on voit poindre le panthéisme, l'omnigamie et la confusion auxquelles l'auteur devait aboutir dans Lélia. Certes, Mme Sand n'a pas saisi ces rapports, bien qu'il soit aisé d'en suivre chez elle la trace ; mais si la femme ne pense guère, la raison des choses pense pour elle, et conduit son imagination et sa plume.

Donc Mme Sand, émancipée, célébrera l'amour, toujours l'amour, puisqu'en définitive, sainte ou pécheresse, la femme émancipée ne rêve plus d'autre chose. La collection des romans de Mme Sand est une *guirlande* offerte à l'amour.

« Ce qui fait l'immense supériorité de l'amour sur tous les autres sentiments, ce qui prouve son essence divine, c'est qu'il ne naît point de l'homme même ; c'est que l'homme n'en peut disposer ; c'est qu'il ne l'accorde pas plus qu'il ne l'ôte par un acte de la volonté ; c'est que le cœur humain le reçoit d'en haut sans doute pour le reporter sur la créature choisie entre toutes dans les desseins du ciel ; et quand une âme énergique l'a reçu, c'est en vain que toutes les considérations humaines élèveraient la voix pour le détruire ; il subsiste seul et par sa propre puissance. » (*Valentine*, ch. XVII.)

Voilà le texte, vieux comme le monde, invariable comme un instinct, qui occupe le sexe et constitue sa philosophie ; l'idée immanente de la femme, que George Sand délaie en pages interminables, sans pouvoir jamais comprendre que cet amour, prétendu divin, n'est rien de plus que du fatalisme, quelque chose qui tombe sous le coup de la liberté et du droit, qui par conséquent, recherché pour lui-même, rend l'homme indigne et la femme vile.

De là, à prendre l'amour, comme Dieu, pour principe de tout bien et de toute vertu, il n'y a qu'un pas :

« Depuis que j'aime Valentine, dit Bénédict, je suis un autre homme ; je me sens exister. (Suivez le roman et vous verrez ce malheureux se crétiniser de plus en plus.) Le voile sombre qui couvrait ma destinée se déchire de toutes parts (il voit des lanternes) ; je ne suis plus seul sur la terre (en effet, il est pris), je ne m'ennuie plus de ma nullité ; je me sens grandir d'heure en heure avec cet amour. (Un homme qui tombe la tête la première croit monter.) »

« Je sais que l'amour seul est quelque chose, je sais qu'il n'y a rien autre sur la terre. Je sais que ce serait une lâcheté de le fuir par crainte des douleurs qui l'expient, etc. » (*Jacques.*)

J'avoue que ce bavardage me cause un prodigieux ennui ; mais beaucoup de gens aiment cette excitation érotique, plus ou moins parée et fardée, sans laquelle, l'amour se présentant *in naturalibus*, le dégoût serait par trop grand. Peut-être ne serait-ce que demi-mal, si l'auteur s'en tenait là : nous avons constaté nous-même que l'idéal avait été donné à l'homme pour l'engager à l'amour, et que l'amour et l'idéal sont les deux éléments au moyen desquels la femme exerce sa part d'influence dans l'éducation de l'humanité et le progrès de la Justice. Mais Mme Sand ne l'entend pas ainsi : point de Justice pour elle, point de société, tant que la femme ne sera pas libre, libre dans son amour, libre en tout. L'amour, en effet, étant souverain, absolu, dieu, ne connaît pas de loi ; la conséquence sera donc, en premier lieu, la réprobation du mariage :

« Je ne suis pas réconcilié avec la société, et le mariage est toujours, selon moi, une des plus barbares institutions qu'elle ait ébauchées. Je ne doute pas qu'il ne soit aboli, si l'espèce humaine fait quelque progrès vers la Justice et la raison ; un lien plus humain et non moins sacré (quel lien ?) remplacera celui-là, et saura assurer l'existence des enfants qui naîtront d'un homme et d'une femme, sans enchaîner à jamais la liberté de l'un et de l'autre. Mais les hommes sont trop grossiers et les femmes trop lâches pour demander une loi plus noble que celle qui les régit ; à des êtres sans conscience et sans vertu, il faut de lourdes chaînes. » (*Jacques.*)

Plus loin le même personnage écrit à sa fiancée :

« La société va vous dicter une formule de serment ; vous allez jurer de m'être fidèle et de m'être soumise, c'est-à-dire de n'aimer jamais que moi et de m'obéir en tout. L'un de ces serments est une absurdité, l'autre une bassesse. Vous ne pouvez pas répondre de votre cœur, même quand je serais le plus grand et le plus parfait des hommes ; vous ne devez pas promettre de m'obéir, parce que ce serait nous avilir l'un et l'autre. »

Et la jeune fille de répondre :

« Ah ! tenez, ne parlons pas de notre mariage ; parlons comme si nous étions destinés seulement à être amants. »

Pourquoi, alors, se marier ?

« Parce que la tyrannie sociale ne nous permet pas de nous posséder autrement, » dit Jacques.

Jacques et Fernande mariés, le roucoulement continue, sans le moindre respect de la dignité conjugale :

« Il n'est qu'un bonheur au monde, c'est l'amour : tout le reste n'est rien, et il faut l'accepter par vertu. »

Puis arrive l'amant qui dit :

« Si je ne suis pas né pour l'amour, pourquoi suis-je et à quoi Dieu me destine-t-il en ce monde ? Je ne vois pas vers quoi ma vocation m'attire... Je ne suis ni joueur, ni libertin, ni poète ; j'aime les arts, mais je ne saurais en faire une occupation prédominante. Le monde m'ennuie en peu de temps ; je sens le besoin d'y avoir un but, et nul autre but ne m'y semble désirable que d'aimer et d'être aimé. Peut-être serais-je plus heureux et plus sage si j'avais une profession ; mais ma modeste fortune, qu'aucun désordre n'a entamée, me laisse la liberté de m'abandonner à cette vie oisive et facile... »

Que dites-vous de cette délibération d'un jeune homme qui, cherchant sa *vocation*, hésite entre le *jeu*, la *poésie*, les *affaires* et l'*amour* ! Quel gâchis ! Et comme se trahit ici la femme émancipée qui, rendue à la lasciveté de sa nature, ne peut plus s'affranchir de ses pensers obscènes !...

Et elle n'en sortira plus, elle en a pour la vie. Dans ses *Mémoires*, publiés en 1857, vingt-cinq ans après *Indiana*, Mme Sand, qui a eu le temps de réfléchir et qui n'est plus jeune, conclut sur le mariage par cette formule dont tout le mérite est d'être calquée sur une phrase de Rousseau :

« L'indissolubilité du mariage n'est possible qu'à la condition d'être volontaire ; et pour la rendre volontaire, il faut la rendre possible. »

On le voit, quand Mme Sand parle du mariage, c'est toujours l'amour qu'il faut entendre. Par lui-même, en effet, l'amour n'est que passager, et les deux lignes qu'on vient de lire lui sont directement applicables. Adressée au mariage, la critique porte à faux, et pourquoi? parce que le mariage n'est pas rien que l'amour ; c'est la subordination de l'amour à la Justice, subordination qui peut aller jusqu'à la négation même de l'amour, ce que ne comprend plus, ce que repousse, de toute l'énergie de son sens dépravé, la femme libre.

Sans doute cette réprobation du mariage, si lestement exprimée, crée des impossibilités sans nombre, et pour l'ordre social établi sur la famille, et pour la conservation de l'espèce, et pour la bonne intelligence des deux sexes, et pour la femme, et pour l'amour même ; impossibilités qui, réagissant sur l'esprit de l'auteur, rendent à chaque instant sa narration absurde. Ces considérations ne regardent point Mme Sand : elle est *artiste*, et l'artiste, suivant l'esthétique de la femme libre, suit son *idée*, sans s'occuper de la réalité et de la raison des choses. Artiste et émancipée, Mme Sand suit donc son idée, qui la conduit, romanesquement parlant, à l'impudicité la plus effrénée.

Les romans de Mme Sand abondent en combinaisons et en peintures dignes du célèbre M. de Sade, sauf les mots, qui, chez la première, sont à peu près toujours honnêtes. Dans *Valentine*, l'action se passe entre les gens que voici : une mère qui, selon l'expression vulgaire, a rôti le balai ; sa fille Valentine, faisant en l'absence de son mari l'amour avec Bénédict ; le mari de Valentine, qui, aimant ailleurs, ne demande pas mieux que d'être cocu afin de faire *chanter* sa femme ; la sœur de Valentine, chassée de la maison paternelle pour avoir fait un bâtard, et qui, amoureuse de l'amant de sa sœur, sert, faute de mieux, l'amour des deux jeunes gens ; une confidente, demoiselle de village, promise d'abord à Bénédict, et qui, après avoir de dépit épousé un rustre, suit l'exemple de Valentine et de Bénédict. Il est entendu que les choses sont arrangées, le bon sens, la folie, le vice et la vertu distribués entre les personnages, de telle sorte que les amants aient toujours raison, les maris et les papas semblent ridicules. Pour ajouter à l'émotion, il y a du sang et des morts.

Dans *Jacques*, autre priapée : une mère veuve, ayant pratiqué pendant son mariage l'amour libre, et, pour la sécurité de cet amour, l'infanticide ; sa première fille, adultérine, vouée aussi à l'amour libre ; sa seconde fille, légitime, mariée et faisant, comme sa mère et sa sœur, l'amour libre ; ces deux créatures possédées tour à tour par le même amant, ce qui ne les empêche pas de vivre très bien ensemble ; le mari de la jeune, fils d'un des amants de la mère et frère putatif de l'aînée, laquelle le prend pour confident de ses amours : scandale, duels, suicide ; triomphe de l'amour. A travers ce cataclysme on saisit à grand'-peine l'*idée* de l'auteur, savoir, qu'amour, comme nécessité, n'a pas de loi.

J'ai cité tout au long la scène entre Pulchérie et Lélia, ce serait bien pis si je rapportais le viol de Rose et de Blanche ; si je disais pourquoi Mlle Edmée est amoureuse de son petit ours et cousin Bernard de Mauprat ; si je passais en revue le musée de Mme la princesse Quintilie, morganatiquement mariée à un étudiant allemand, et qui entretient chez elle, pour le plaisir de ses yeux et par fantaisie d'artiste, de jolis garçons et de jolies filles dont toute l'occupation est de faire l'amour : imitation des scènes de Caprée, esquissées par Tacite dans la vie de Tibère. L'amour a beau être profond, sublime, héroïque, divin ; il paraît bientôt insipide si une lubricité inventive ne l'assaisonne. CHANGEONS DE POSTURE : ce fut jadis toute la science de la fameuse Éléphantine : c'est encore, hélas ! ce qui fait la meilleure part des histoires de Mme Sand.

Mais, l'égalité des sexes déclarée, le mariage banni, l'amour rendu libre, la volupté avec toutes ses joies prise pour règle et pour fin, quel sera le rôle de chaque sexe ? On ne peut pas toujours vaquer à l'amour : il faut travailler, produire, administrer, soigner le ménage, élever les enfants. En quoi consistera la fonction de l'homme ? En quoi, le ministère de la femme ?

Nous connaissons la réponse de Mme Sand : On trouvera. Elle croit que cela se fait comme elle le dit. Par provision, et pour préparer les esprits à cette grande découverte, qui doit remplacer par un *lien plus sacré* le mariage, elle travaille de son mieux, bien qu'à son insu, à niveler les facultés entre les sexes, et tout d'abord à rabaisser le caractère de l'homme.

La femme auteur, surtout la femme émancipée, réussit difficilement à créer des caractères virils. Outre que la faiblesse ne peut pas naturellement exprimer la force, il y a ici une autre raison, qui est que la femme libre ne se grandit réellement que de ce qu'elle retranche à la taille de l'homme.

Dans les romans de George Sand, comme dans tous les romans de femmes libres, les hommes sont en général de deux sortes ; ceux que l'auteur aime et qu'il présente comme modèles, et ceux qu'il n'aime pas. Il ne faut pas demander si les premiers sont peints à leur avantage, les autres chargés. Eh bien, de ces deux catégories de mâles, celle qui a le moins de valeur est en général celle des *amis de cœur* de l'écrivain, et la raison en est simple : conçus fatalement d'après le type *femmelin*, ils ont perdu, au moral comme au physique, leur masculinité, tandis que les autres, précisément parce que l'auteur ne les a point flattés, la retiennent. Je prie ceux de mes lecteurs qui auraient la curiosité de vérifier le fait, de revoir les personnages de Bénédict, sir Ralph, Sténio, Téverino, Léone Léoni, Bustamente, Jacques, Bernard de Mauprat après sa conversion, l'amant de Quintilie, etc. Vertueux ou coupables, tous ces êtres sont de même nerf, artistes, *bohêmes*, braves et dévoués, cela va sans dire, et beaux diseurs ; mais, en fait, dépourvus de caractère, de sens moral et de sens commun.

A cette dépression systématique du sexe mâle, les femmes gagnent d'autant sans doute ? Il n'en est rien. Les femmes de Mme Sand sont, comme ses hommes, de deux catégories : émancipées, c'est-à-dire esprits forts, cœurs secs, natures bilieuses, hautaines, rudes à l'abordage, au demeurant peu chastes, bien que le

mot revienne à chaque ligne ; non émancipées, c'est-à-dire lymphatiques ou sanguines, molles, lâches, bêtes et perfides. Comparez sous ce rapport Lélia, Quintilia, Edmée, Sylvia, avec Pulchérie, Fernande, Athénaïs, Joséphine de Frénays, Juliette, la comtesse dans *Téverino*, etc. Valentine et Indiana, types indécis, tiennent des unes et des autres. Mme Sand, j'en ai fait ailleurs l'observation, a la plus triste idée de son sexe ; hors les élues qu'elle crée à son image, elle le traite on ne peut plus mal. Elle fait dire à Sylvia, la stoïcienne, à propos de la fiancée de son frère :

« Elle a beau être aimable, elle aura beau être sincère et bonne : elle est femme, elle a été élevée par une femme ; elle sera lâche et menteuse, un peu seulement peut-être ; cela suffira pour te dégoûter. »

A force de chercher la liberté et l'amour, Mme Sand finit par perdre jusqu'à l'intelligence des choses morales : ainsi, dans *Jacques*, elle fait du frère le confident des amours de la sœur ; dans *le Champi*, après avoir représenté l'enfant naturel comme un modèle de dévoûment filial, elle lui fait épouser sa mère nourrice, malgré le cri de la conscience qui proteste contre cet inceste spirituel ; dans *Lélia*, elle pousse le privilège de l'artiste jusqu'aux jouissances unisexuelles :

« La continence où vous vivez, dit Pulchérie à sa sœur, provoque dans l'esprit des hommes de plus graves accusations que toutes mes galanteries. Mais peut-être ne trouvez-vous pas au-dessous de votre destinée d'être soupçonnée de mystérieuses et terribles passions, tandis que vous méprisez le vulgaire renom d'une bacchante. »

Ailleurs elle calomnie la mariage dans sa solennité nécessaire :

« J'ai enlevé ma compagne le jour de mon mariage ; par là, je me suis soustrait à tout ce que la publicité imbécile d'une noce a d'insolent et d'odieux. Je suis venu ici jouir mystérieusement de mon bonheur... Nous n'avons eu que Dieu pour témoin et pour juge de ce que l'amour a de plus saint, de ce que la société a su rendre hideux et ridicule. »

L'idée n'est pas plus neuve que cent autres ramassées dans les immondices du siècle par Mme Sand. Il ne manque pas de gens qui se dérobent par la fuite à la publicité de leur mariage : ils ont raison puisqu'ils en rougissent ; mais il faut apprendre à ces gens-là ce qu'il appartenait à Mme Sand de dire, que s'il y a lieu de rougir ici de quelque chose, c'est de cet amour prétendu *saint* et de ses *jouissances*, non du mariage, qui l'épure et l'affranchit. Que la concubine se voile, puisqu'elle suit la passion et se voue à l'amour ; mais que l'épouse se montre : elle a vaincu la chair, non plus seulement par l'amour, mais par la Justice et la charité.

D'après la théorie de l'amour libre, que suit fatalement George Sand, le mariage est réputé un marché infâme, et la jeune fille qui se marie sans inclination appelée *prostituée*. C'est toujours la logique du dévergondage, mise à la place de la raison du genre humain.

De tout temps la conscience des peuples a considéré comme luxure, fornication, prostitution, c'est tout un, l'usage que l'homme ou la femme fait de son corps dans un but de satisfaction passionnelle, paresse, orgueil, gourmandise, vanité, jusques et y compris la délectation amoureuse. Au fond, la prostitution est toute subjective ; on ne se prostitue réellement qu'à soi-même, non à autrui. Le mariage seul, subordonnant le plaisir à une fin supérieure, qui est la Justice, fait cesser la prostitution. Comment le cœur de Mme Sand, comment sa raison ne l'ont-ils pas compris ?

La conscience des peuples dit encore que, chez la femme formée par la famille à la Justice, la pudeur est une certaine abhorrence du cœur et des sens pour tout ce qui a trait aux plaisirs de l'amour ; la chasteté, une pratique inviolable de la pudeur. C'est pour cela que la pudeur, soit avant, soit après le mariage, n'existe véritablement que par le mariage ; elle est l'effet de cette dignité matrimoniale, qui, en sauvant les époux du fatalisme passionnel, leur inspire un amour calme et inaltérable.

Mme Sand n'a pu ignorer ces choses. Elle était mère lorsqu'elle écrivit son premier roman, et, la maternité n'eût-elle pas suffi pour les lui apprendre, l'expérience de Lélia les lui eût révélées. Comment sont-elles sorties de sa conscience et de sa mémoire ? Ce qu'elle appelle chasteté est une certaine fraîcheur de l'imagination et des sens chez la femme qui n'a pas joui, ou qui, ayant passé par l'étamine, sait à force d'art conserver les apparences de la nouveauté. Je ne nie pas que pour un *amateur* cette qualité n'ait son prix ; mais ne soyons pas dupes de l'équivoque. Cette chasteté-là peut se concilier avec tous les raffinements de la volupté ; elle n'a rien d'innocent et de timide ; elle peut se trouver jusque dans les maisons que surveille la police, et l'aisance avec laquelle les héroïnes de Mme Sand, une fois sûres de leur homme, passent du *nenni* à l'*ainsi*, prouve qu'il n'y en a pas une de chaste parmi elles.

Dans *Rose et Blanche*, elle nous montre une petite comédienne qui, vendue et livrée par sa mère, intacte encore, mais parfaitement instruite, dit à son acquéreur : *Faites, je vous laisse mon corps, je garde mon âme !* Conçoit-on une vierge de dix-huit ans parlant de ce style ? Lucrèce, violée par Sextus Tarquin, se rend le même témoignage : *Corpus tantum violatum*, dit-elle, *animus insons* ; mais elle est mère de famille, et puis elle se tue. Lucrèce était une sotte, en vérité. Quel malheur pour cette Romaine, dont le suicide enfanta la République, que Mme Sand ne se soit pas trouvée près d'elle ! La femme libre eût appris à la matrone ce que l'Évangile dit quelque part, que ce n'est pas ce qui entre dans le corps qui souille l'âme, mais ce qui sort du cœur. Collatin eût conservé sa femme, et tout le monde aurait fini par être content, Brutus excepté.

Après ce que je viens de dire, il n'y a plus rien, comme idée, à attendre de Mme Sand : nous la possédons tout entière. Cependant elle s'est mêlée un peu de tout ; en déroulant, sous forme de roman, sa théorie sur le mariage et l'amour, elle a voulu dire son mot sur tout ; mais partout elle n'a fait preuve que d'une orgueilleuse impuissance.

Philosophe, elle a fait de l'éclectisme à sa manière, disciple tour à tour de Lamennais, de Pierre Leroux, de Jean Reynaud et *tutti quanti*. Elle n'a pas de goût, dit-elle, pour la métaphysique : je le crois bien, il n'y a rien de moins métaphysique que la promiscuité. Elle se défend d'être athée : qu'en sait-elle ? J'ai eu la patience de lire jusqu'au bout *Spiridion*, attendant toujours le manuscrit révélateur : des pages toutes blanches m'auraient plus satisfait que les phrases creuses de ce sot évangile.

Sa politique est comme sa philosophie, empruntée aux sectes du siècle, depuis le babouvisme jusqu'au saint-simonisme. On peut en juger par ces maximes, prises de Louis Blanc, et que Mme Sand trouve fort avancées : *Tous les hommes ont un droit égal au bonheur ; A chacun suivant ses besoins, etc.*

De la critique, ne lui en demandez pas : elle décide de tout *impromptu*, selon son intuition, comme quand elle dit :

« J'aimais passionnément Virgile *en français*, Tacite en latin. »

En 1855, Mme Sand, imitant Rousseau, publie en

feuilletons l'*Histoire de sa vie*, 20 vol. in-8°. Je comprends, toute honte bannie, la spéculation ; mais comment n'a-t-elle pas réfléchi qu'en se troussant de la sorte devant le public, elle autorisait le premier venu à la flageller, sans qu'elle eût le droit de se plaindre ? *Donnez-moi trois lignes d'un homme*, disait un criminaliste, *et je le ferai pendre*. Je ne connais de la vie de Mme Sand que ce qu'il lui a plu d'en révéler dans ses confessions : eh bien, il n'est pas d'indignité dont je ne me fisse fort, par son propre récit, de la convaincre, s'il n'était encore plus évident pour moi que ce récit est fantastique, venant d'une émancipée, d'une folle ! Ah ! madame, vous fûtes autrefois une bonne fille ; cessez d'écrire, et vous serez encore une bonne femme.

Par le style, Mme Sand appartient à cette école descriptive qui dans toute littérature signale les époques de décadence. Comme faiseuse de paysages, elle est la reine des artistes, sinon le roi des écrivains. Elle a donné, dans le genre bucolique, de jolies choses, qui lui ont valu une réputation méritée, et dont le succès a dû faire sentir en quelle médiocre estime le public tient ses grandes compositions. Dans celles-ci même, il existe une foule de sentiments et d'idées marquées au signe de l'époque, et qu'il faut savoir gré à Mme Sand d'avoir contribué à répandre. L'alliage n'est pas bon, mais il y a du bon. Ses descriptions ont aussi quelque chose de lyrique qui contraste avec les dissections de Balzac. Mais, ainsi que le savent tous ceux qui se sont occupés de l'art d'écrire, ce style ballonné, qu'imitent à l'envi nos dames de lettres, cette faconde à pleine peau qui rappelle la rotondité de la Vénus hottentote, n'est pas du style : c'est article de modes ; et je ne suis que vrai en disant qu'il y a plus de style dans un aphorisme d'Hippocrate, dans une formule du droit romain, dans tel vers de Corneille, de Racine, de Molière, dans un proverbe de Sancho Pança, que dans tous les romans de Mme Sand.

Je crois inutile de multiplier davantage les exemples. Ce serait à redire sans cesse les mêmes choses : il me faudrait montrer toujours la femme, quand une fois la manie d'égalité et d'émancipation s'est emparée de son esprit, pourchassée par cette manie comme par un spectre, envieuse de notre sexe, contemptrice du sien, ne rêvant pour elle-même qu'une loi d'exception qui lui confère, entre ses pareilles, les privilèges politiques et sociaux de la virilité ; si elle est dévote, se retirant en Dieu et dans son égoïsme ; si elle est mondaine, saisie par l'amour et en épuisant honteusement toutes les fantaisies et les figures ; si elle écrit, montant sur des échasses, enflant sa voix et se faisant un style de fabrique, où ne se trouve ni la pensée originale de l'homme, ni l'image de cette pensée gracieusement réfléchie par la femme ; si elle fait un roman, racontant ses propres faiblesses ; si elle s'ingère de philosopher, incapable d'embrasser fortement un sujet, de le creuser, de le déduire, d'en faire une synthèse · mettant dans son impuissance métaphysique ses aperçus en bouts de phrase ; si elle se mêle de politique, excitant par ses commérages les colères et envenimant les haines.

A toutes les époques, les femmes se sont fait une place dans la littérature ; c'est leur droit et c'est notre bien, je suis loin de le méconnaître. Leur mission peut se définir : Vulgarisation de la science et de l'art par le sentiment, progrès de la justice par le juste amour, qui est le mariage. Qu'elles restent fidèles à ce programme : de brillants succès les attendent, et la reconnaissance des hommes ne leur manquera pas.

Mais la femme libre, la femme messie, exprimant la subordination de l'idée à l'idéal, de la Justice à l'amour, cette créature-là n'existe pas : c'est un mythe. qui, comme tant d'autres fictions de la prescience humaine, doit être renversé pour être vrai ; pris au sens littéral, ce n'est plus, comme la prostituée de Babylone, qu'un emblème d'immoralité et de dégradation.

TABLE DES MATIÈRES

Poitiers. — Société française d'Imprimerie.